Marianne Gädtke • Ein Familienalbum

Marianne Gädtke

Ein
Familienalbum

Biographische Skizzen

FOUQUÉ PUBLISHERS NEW YORK

Copyright ©2011 by Fouqué Publishers New York
Originally published as *Ein Familienalbum, 2005*
by Cornelia Goethe Literaturverlag

All rights reserved,
including the right of reproduction,
in whole or in part,
in any form

First American Edition
Printed on acid-free paper

Library of Congress Cataloging-in-Publication Data
Gädtke, Marianne
[Ein Familienalbum / Marianne Gädtke. German]
1st American ed.

ISBN 978-0-578-09040-5

Inhaltsverzeichnis

Die Vorsitzende

Ein Portrait

Mit dem üblichen Applaus bedachten die versammelten Mitglieder die kleine, etwas untersetzte Frau mit dem schneeweißen Haar, als der Versammlungsleiter bestätigte, daß sie mit der Mehrheit der Stimmen zur neuen Ersten Vorsitzenden gewählt sei.

Sie erhob sich, lächelte ein wenig verlegen und ging zum Rednerpult, benutzte es aber nicht, obwohl es sinnvoll gewesen wäre, die eine Stufe hinaufzusteigen, denn die Leute im hinteren Teil des Saales sahen die kleine Person kaum. Sie trug ein dunkles Kleid mit schmalen weißen Streifen und weißem Spitzenkragen, so, wie sich ältere Frauen zu jener Zeit häufig zu kleiden pflegten, obwohl sie gerade erst im vierzigsten Lebensjahr stand. Sie wirkte unauffällig und bescheiden, nur ihr weißes Haar fiel auf.

Sie wandte sich den Leuten zu und fand, nachdem der Applaus verstummt war, mit leiser Stimme Worte des Dankes, daß man ihr das Vertrauen schenkte, daß sie sich mit all ihren Kräften bemühen werde, sich dieses Vertrauens würdig zu erweisen, sagte eben das, was man in so einem Augenblick zu sagen pflegt. Mehr war nicht nötig und wurde auch nicht erwartet.

Mit einem leichten Neigen des Kopfes dankte sie ihren Zuhörern und wurde unter erneutem Applaus vom Versammlungsleiter gebeten, am Tisch des Vorstandes den Platz der Vorsitzenden einzunehmen.

Die einzige verantwortungsvolle Tätigkeit, die ihr als neu gewählte Vorsitzende der Kriegshinterbliebenen-Gruppe der Stadt L. an diesem Tag noch oblag, bestand darin, den Mitgliedern für ihr zahlreiches Erscheinen zu danken und die Versammlung aufzuheben.

Man schrieb das Jahr 1922. Zwei Jahre zuvor, am 13. Januar 1920, war die Kriegshinterbliebenen-Gruppe der Stadt L. gegründet worden und Anna S., die jetzt gewählte neue Vorsitzende, hatte wesentlich an der Gründung mitgewirkt und war in der Versammlung am 22. Januar 1920 schon zur Zweiten Vorsitzenden gewählt worden.

Die bisherige Erste Vorsitzende hatte nach zweijähriger Tätigkeit ihr Amt aus gesundheitlichen Gründen aufgeben müssen und Anna S. übernahm nun diese Aufgabe.

Anna S. war 1882 geboren worden und hatte in der ländlichen Beschaulichkeit ihres Geburtsortes H. eine schon mit seelischen Prüfungen verbundene Kindheit genossen. Als sie drei Jahre alt war – ihre ältere Schwester war fünf und die jüngste Schwester war noch nicht ein Jahr alt –, starb ihre Mutter. Die harte strenge Großmutter duldete die kleinen Kinder nicht im väterlichen Haus. So wuchsen die drei Kinder bei den Großeltern mütterlicherseits auf. Der Vater heiratete erneut. Wohl entwickelte sich später nach dem Tod der hartherzigen Großmutter zu den Stiefgeschwistern wieder eine geschwisterliche Beziehung, die sie bis ins hohe Alter wieder mit dem elterlichen Haus verband. Es war eine schwere Kindheit, an der Anna S. früh reifte, doch unbelastet von jeglicher Ahnung, welche Prüfungen das spätere Leben noch für sie bereithalten würde.

Kurz nach Ende ihrer Schulzeit, die sich, wie allgemein üblich zu jener Zeit, auf das Absolvieren der Volksschule beschränkte, hatte sie einen jungen Lehrer kennengelernt, der in einem etwa sieben Kilometer entfernten, sehr einsam gelegenen Ort an der dortigen kleinen Schule seine erste Lehrerstelle bekommen hatte und der gelegentlich nach H. herübergekommen war, um der Einsamkeit in der Moorsiedlung zu entfliehen.

Obwohl er acht Jahre älter war als sie und sie noch kindlichen Gemütes war, hatten sie eine ernsthafte Zuneigung zueinander gefunden.

Johannes, der tiefsinnige und musisch veranlagte junge Mann, dessen Heimat die Stadt L. war, war fest entschlossen, sie zu seiner Ehefrau zu nehmen, sobald es seine Position, ihr reiferes Alter und ihr Vater es erlaubten. Ihr Vater hatte gegen den Umgang seiner Tochter mit diesem wohlerzogenen und strebsamen jungen Mann keine Einwände.

So gingen ein paar Jahre dahin und ihre Beziehung zueinander reifte und festigte sich.

1902 wurde Johannes aus seiner Einsamkeit in der Moorsiedlung erlöst und erhielt eine Lehrerstelle an einer Schule in einer kleinen Stadt im Regierungsbezirk Düsseldorf, weit entfernt von der norddeutschen Heimat.

Anna, inzwischen zwanzig Jahre alt, geschickt in häuslichen Dingen, gewandt und umgänglich, suchte und fand eine Stellung als Hausdame im Hause der Familie eines Majors a.D. in Köln am Rhein, also nicht weit von Johannes neuer Wirkungsstätte entfernt.

Häufig trafen sie sich an freien Tagen und besuchten gemeinsam Opern- und Theateraufführungen oder Konzerte.

Schließlich erschien in der *Opladener Zeitung* vom 23.12.1905 ihre Verlobungsanzeige und ein Jahr später, am 26.12.1906, feierten sie in Annas Elternhaus ihre Hochzeit. Eine Mitgift für Anna versagte ihr der Vater. Das junge Paar mußte bei Annas Großvater ein Darlehen aufnehmen, um für die Begründung des gemeinsamen Haushaltes die notwendigen Mittel zu haben.

Im Frühjahr 1907 wurde Johannes von der bisherigen Schule an eine Schule in einer benachbarten kleinen rheinländischen Stadt versetzt und das junge Paar bezog dort eine schöne passende Wohnung.

Am 24.11.1907 wurde ihre Tochter geboren und gleich am nächsten Tag erschien eine Anzeige im *Ohligser Anzeiger*, mit der die glücklichen Eltern dieses Ereignis bekanntgaben.

Johannes besuchte Sprachkurse und Fortbildungsseminare neben seiner beruflichen Tätigkeit, um seine beruflichen Möglichkeiten zu verbessern und seiner Familie möglichst ein verbessertes Auskommen zu verschaffen. Zeitweilig beherbergte er bei sich auch ausländische Sprachstudenten, denen er Unterkunft und Unterricht anbot, um sein bescheidenes Einkommen etwas aufzubessern und vor allem, um auch die Darlehensverpflichtungen abzutragen.

1909 bekamen die stolzen Eltern einen Sohn.

Doch als Anna S. im September 1915 ihr drittes Kind, wiederum einen Sohn, zur Welt brachte, war sie schon allein. Johannes war bereits im Februar 1915 zum Kriegsdienst einberufen worden. Es war ihm wohl in der ersten Zeit seines Einsatzes noch vergönnt, seine Familie einige Male zu besuchen, jedoch wurde er dann sehr bald an die Ostfront versetzt.

Eine Krankheit, die er sich, inzwischen mit dem Eisernen Kreuz II. Klasse ausgezeichnet, während der Zeit an der Ostfront zugezogen hatte, brachte ihn zurück in ein heimatliches Militärlazarett.

Aber es gab keine Heilung. Am 24.3.1918 starb Johannes im Alter von 44 Jahren und hinterließ eine junge Witwe, die über Nacht schneeweißes Haar bekam, mit drei kleinen Kindern. An dem mit allem militärischen Zeremoniell vollzogenen Ehrenbegräbnis durfte Anna als Ehefrau nicht einmal teilnehmen.

Nur wenige Monate später übersiedelte Anna S. mit ihren Kindern, wie es der Wunsch ihres verstorbenen Ehemannes gewesen war, in seine Heimatstadt L..

Alle Sorge verwandte sie nun auf die Erziehung und Ausbildung ihrer Kinder, wobei sie bei den beiden Jungen mit großen Schwierigkeiten zu kämpfen hatte. Notgedrungen mußte sie als

Kriegerwitwe alles daran setzen, alle rechtlichen Möglichkeiten zur finanziellen Versorgung ausschöpfen, um ihren Kindern damit eine angemessene Ausbildung zukommen lassen zu können.

Die Notwendigkeit, sich mit diesen rechtlichen Problemen und finanziellen Schwierigkeiten zu befassen und das Wissen darum, daß viele Frauen in ähnlicher Situation mit diesem schweren Schicksal zu kämpfen hatten, brachte es mit sich, daß Kontakte geknüpft wurden, Besprechungen stattfanden, sowohl untereinander als auch bei beratenden Stellen und Hinterbliebenen-Verbänden, die in einigen anderen Orten schon bestanden.

Anna S. half zunächst sehr wesentlich dabei mit, daß in der Stadt L. eine Kriegsbeschädigten- und Kriegshinterbliebenen-Gruppe begründet wurde, schloß sich dann aber nach einem Jahr als Mitbegründerin der neuen Kriegshinterbliebenen-Gruppe in der Stadt L. an, für die bereits auf Kreis-, Provinzial- und Landesebene Vertretungen bestanden.

Zunehmend betrachtete sie ihre Arbeit als eine neue Lebensaufgabe, die es ihr ermöglichte, durch die hilfreiche Tätigkeit für andere immer wieder neue Kraft für die Bewältigung ihres eigenen Schicksals zu schöpfen.

Tatsächlich verlangte ihre Tätigkeit, insbesondere nachdem sie nun Erste Vorsitzende geworden war, erheblichen persönlichen Einsatz. Sie besuchte Tagungen, Veranstaltungen anderer Ortsgruppen, Versammlungen des Kreisverbandes oder auch des Provinzialverbandes, besuchte Betroffene oder zu Betreuende, hörte sich ihre leidvollen Schilderungen der Not an, vermittelte, übermittelte Anträge und Fürsorgehilfen, zugleich ebenso besorgt um das Wohl ihrer eigenen Kinder. So war sie mindestens in den Jahren 1924–1926 auch im Elternbeirat der Schule.

Sr. **Die Kriegshinterbliebenen-Gruppe des Kreis-Kriegerverbandes** hatte am Sonnabend, dem 12. Dezember, im Bahnhofshotel zu einer Weihnachtsfeier gebeten. Die Damen des Vorstandes hatten keine Mühe gescheut, die Ausschmückung so stimmungsvoll wie möglich zu machen. Die blendendweiß gedeckten Tische waren mit den beiden Tannenbäumen und Adventskränzen geschmückt. Gruppierungen von Adventskerzen belebten inmitten von Tannengrün die Tafel. Der duftende Kaffee und wohlschmeckende Kuchen trugen zu einer gehobenen Stimmung bei. Nachdem alle Gäste versammelt waren, saß man beim Schein der vielen Kerzen, und als dann das Lied „O, du fröhliche" erklang, war die rechte Weihnachtsstimmung da. Ein von Frl. Lisa M. gesprochenes Gedicht wurde mit starkem Beifall aufgenommen. Frl. B., Frl. v. B. und Frl. R. hatten sich liebenswürdigerweise in den Dienst der Sache gestellt und erfreuten die andächtigen Zuhörer durch das stimmungsvoll vorgetragene Engelterzett aus dem Elias. Die Erste Vorsitzende, Frau S., hielt eine kurze Begrüßungsansprache und gab ihrer Freude Ausdruck über den zahlreichen Besuch. Frl. O., Frl. M., Frl. Se. und Frl. Sp. brachten ein Singspiel und ein Weihnachtslied zu Gehör. Beide Sachen fanden guten Anklang und auch der unter Frl. E.'s Leitung eingeübte Reigen wurde mit Beifall aufgenommen. Der Vorsitzende des Kreiskriegerverbandes, Herr G., sprach der Vorsitzenden und den Damen des Vorstandes seinen wärmsten Dank aus für die große Arbeit und all die Mühe. Er ermahnte die Jugend, stets eingedenk zu sein, daß sie Deutsche seien und deutsch sollten sie stets empfinden. Mit dem Absingen des Deutschlandliedes endete diese Ansprache. Herr Rechnungsrat M. und Herr L. trugen in humorvoller Weise zur Unterhaltung des Abends bei. Großen Beifall fand auch die „Singstunde bei Herrn Schl.", wozu Herr Si. freundlichst begleitete. Nachdem das Programm soweit erledigt war, fand unter Singen von Weihnachtsliedern die Bescherung statt. Durch eine Sammlung bei Freunden und Gönnern des Vereins in der Stadt und auf dem Lande war diese Bescherung möglich. Allen, die zu dieser Weihnachtsfreude beitrugen, sei auf diesem Wege recht herzlichst gedankt. Zum Schluß wünschte die Vorsitzende den Mitgliedern ein fröhliches Fest und hoffte, daß der Vorstand allen ein paar schöne Stunden bereitet habe. – Die Kinderfeier war in diesem Jahre zum ersten Male von der Frauenfeier getrennt worden. Sie fand am 6. Dezember in der Schützenhalle statt. Die Kinder wurden mit Kakao und Weihnachtsgebäck bewirtet. Mäuschenstill war es im Saale, als die Vorführungen von Schneewittchen und dem gestiefelten Kater gebracht wurden. Eine Rheinreise von Mainz bis Köln wirkte belehrend und anregend. Als dann aber der Weihnachtsmann erschien, brach der Jubel los. Für alle Kinder fand er ein Geschenk. Auch die Mütter durften diese Freude miterleben. So endete auch diese Feier zu aller Zufriedenheit.

Bei den früheren Weihnachtsfeiern, die auch die Feier für die Kinder mit einschloß, hatte gelegentlich auch die Tochter Erika von Anna S. bei Märchenspielen mal die Rolle eines alten Mütterchens oder einer guten Fee, oder im Weihnachtsspiel die Rolle der Maria übernommen.
Im Januar 1926 wurde Anna S. durch das Landeswohlfahrtsamt – Abteilung für Kriegsbeschädigten – und Kriegshinterbliebenen-Fürsorge – als Beisitzer aus den Versorgungsberechtigten bei der Spruchkammer des Versorgungsgerichts L. bestellt.
Inzwischen war sie auch als Beisitzer in den Vorstand der Landesgruppe Preußen des Verbandes der Kriegsbeschädigten und Kriegshinterbliebenen des Deutschen Reichskriegerbundes „Kyffhäuser" gewählt worden.

Der Magistrat der Stadt L., Jugendamt, schrieb ihr am 27.3.1926:

In der Anlage überreichen wir den Mitgliedern des früher in hiesiger Stadt bestehenden Ortsausschusses für die Kinderspeisung ein Stück des von dem Deutschen Zentralausschuß für die Auslandshilfe e.V. – Ausschuß für Kinderspeisung – Berlin, herausgegebenen Gedenkblattes für die amerikanisch-deutsche Kinderspeisung. Die Verteilung dieses Gedenkblattes war bereits im vorigen Jahre bei Aufhören der Auslandsunterstützung für die Kinderspeisung geplant, jedoch hat sich die Herstellung aus unvorhergesehenen Gründen verzögert.
Das Gedenkblatt soll dazu dienen, das segensreiche, in schwerster Zeit von ausländischen Freunden, von Reich, Ländern und Gemeinden unterstützte Hilfswerk in dauernder Erinnerung zu erhalten, ein Zeichen der Dankbarkeit für die bisherigen Förderer und Mitarbeiter zu sein und neue Freunde für die Jugendwohlfahrt zu gewinnen.

> *gez. Schmidt*
> *beglaubigt*
> *Unterschrift*
> *Mag. Obersekr.*

1928 erhielt sie in Anerkennung ihrer Verdienste vom Vorstand des preußischen Landeskriegerverbandes die zweithöchste Auszeichnung, das Kriegervereins-Ehrenkreuz II. Klasse, verliehen und es wurde ihr mit einem kleinen Gedicht überreicht.

> *An der Spitze vom Verein*
> *steht Frau S. ....ganz allein.*
> *Tag und Nacht voll Sorg' sie denkt,*
> *wie sie unser Schicksal lenkt.*
> *Dem Verdienste seine Krone!*
> *Dieser Orden ihr zum Lohne!*

14

Die Schatulle obendrein,
*für **den** Orden viel zu klein.*
Mögen später andre kommen!
Uns zu nutze, ihr zu frommen.

Viele persönliche Glückwünsche wurden ihr übermittelt. So schrieb Herr M.:

L., den 6.Juni 1928

Sehr geehrte Frau S. ...!
Wie mir bekannt geworden ist, sind Sie gestern mit dem Krieger-Vereins-Ehrenkreuz in Anerkennung Ihrer großen Verdienste um die hiesige Kriegshinterbliebenen-Vereinigung ausgezeichnet worden. Meinen herzlichsten Glückwunsch zu dieser besonderen Ehrung. Konnte bedauerlicherweise gestern abend nicht zugegen sein. Mit besten kameradschaftlichen Grüßen
Ihr A. M. ...

Gerade um diese Zeit traf sie ein neuer Schicksalsschlag.
Um die Ausbildung ihrer Tochter brauchte sie sich keine großen Sorgen zu machen. Das junge Mädchen war vernünftig, strebsam und verfolgte das Ziel, Gewerbelehrerin zu werden.
Der jüngste Sohn befand sich im Landschulheim, sollte aber in Kürze eine kaufmännische Lehre antreten.
Sein älterer Bruder, der während seiner Schulzeit schon mehrfach aufgrund entwicklungsbedingter Schwierigkeiten monatelang gefehlt hatte, hatte sich jedoch entschlossen, vor Ablegung des Abiturs die Schule zu verlassen und hatte den Wunsch geäußert, eine Offiziersausbildung zum Schiffsoffizier bei der Handelsmarine zu machen. Anna S. war es gelungen, einen Ausbildungsvertrag mit einer Reederei für ihn abzuschließen, mußte die gesamte Ausbildung im Voraus bezahlen und seine vorgeschriebene Ausrüstung beschaffen.

Das Schiff, auf dem er ausgebildet werden sollte, war zunächst ein Fracht-Segelschiff, das zwischen Hamburg und Skandinavien verkehrte, dann ein Fracht-Motorschiff auf Fahrt zwischen Hamburg und Nordafrika.

Auf einer Fahrt nach Nordafrika, der Junge war erst im dritten Monat seiner Ausbildung, erlitt das Schiff Schiffbruch und sank. Glücklicherweise konnte sich die gesamte Mannschaft retten, und der Junge kam nach Hause.

Wenig später machte die Reederei Konkurs und Ausbildungsvertrag, Ausbildungskosten wie auch die ganze Ausrüstung, die bei dem Schiffsuntergang mit versunken war, waren verloren.

Nun wollte der Junge von der Seefahrt nichts mehr wissen und beschloß, zunächst einmal das Abitur nachzumachen.

So schwer diese Dinge Anna S. auch belasteten, sowohl seelisch als auch finanziell, so wollte sie doch keine Mühe und kein Opfer scheuen, um ihrem ältesten Sohn die besten Chancen für seine Zukunft zu geben. Das Studium der Geodäsie, das er nach dem Abitur beginnen wollte, würde sie ihm auch noch ermöglichen.

Im Mai 1930 beging die Kriegshinterbliebenen-Gruppe L. die Feier anläßlich des zehnjährigen Bestehens der Gruppe. In der örtlichen Presse wurde dieses Ereignis in der Ausgabe vom 26. Mai 1930 in aller Ausführlichkeit hervorgehoben, womit die aufopfernde Tätigkeit dieser Gruppe unter dem Vorsitz von Frau Anna S. besondere Würdigung erfuhr.

10 Jahre Kriegshinterbliebenen-Gruppe L.

Zehn Jahre Arbeit und Entwicklung eines Vereins sind immer Anlaß, mit Stolz und Freude bei der zehnjährigen Wiederkehr des Gründungstages auf die Tätigkeit des Vereins zurückzuschauen und alles Geschehen im Erinnern zu umfassen. So durfte es auch die Kriegshinterbliebenen-Gruppe L. tun, die am Sonnabendabend zu einer Gedenkfeier des zehnjährigen Bestehens in W.'s Hotel zusammengekommen war. Etwas Wehmut mischte sich wohl in die Feiertagsstimmung der Frauen, erinnerte doch die Zusammenkunft immer wieder an die Ursache der Gründung, an den grausamsten aller Kriege, der ihnen das Liebste genommen. Doch das Leben und vor allem die heranwachsende Jugend forderte Rechte, und mit der Pflicht milderte sich die Trauer. Zum Gedenken der teuren Toten aber legten am Vormittag die Vorsitzende der Gruppe, Frau S., in Begleitung der Mitgründerin und ehemaligen Vorsitzenden, Frau Dr. M., am Ehrendenkmal einen schlichten Lorbeerkranz mit Schleife und Inschrift nieder.

Die Feier begann um 6 Uhr abends. An langen Tischen mit buntem Blumenschmuck saßen annähernd 120 Kriegerwitwen, die von der Vorsitzenden freundlich und herzlich begrüßt wurden. Ein besonderer Willkommensgruß galt der 3. Vorsitzenden der Landesgruppe Preußen, Frau Schn., Berlin, der Vorsitzenden des Provinzialverbandes, Frau Dr. W., Hannover, den verschiedenen Vertreterinnen von Schwestergruppen und dem nunmehrigen 1. Vorsitzenden, Rechtsanwalt M.. Dieser nahm das Wort zu einer kurzen Ansprache, in welcher er auf die Zwecke und Ziele des Kyffhäuserbundes hinwies, der sich im Sinne der Kameradschaftspflege der Witwen und Waisen der gefallenen Kameraden anzunehmen und ihre Interessen an maßgebenden Stellen zu vertreten vorgenommen habe. Der Redner versprach, sich in diesem Sinne jederzeit für die Gruppe L. einzusetzen, und sagte in seinem Schlußsatz, daß der Gedanke der Kriegshinterbliebenen-Fürsorge Allgemeingut des gesamten Volkes werden müsse.

Den Bericht über die zehn Jahre des Bestehens gab Frau S. in kurzer Zusammenfassung der hauptsächlichsten Daten wie folgt: Am 13. Januar 1920 wurde die Gruppe gegründet. Bankvorsteher W. als damaliger Vorsitzender des Kreiskriegerverbandes leitete die einberufene Versammlung, zu welcher sich 75 Hinterbliebene eingefunden hatten, die sämtlich ihre Beitrittserklärung abgaben. In einer Versammlung am 22. Januar 1920 wurde Frau Dr. M. als 1. und Frau S. als 2. Vorsitzende gewählt. Zunächst dachte der Vorstand an die wirtschaftliche Not der Hinterbliebenen und leitete entsprechende Maßnahmen ein. Die Inflation mit allen Nöten mußte durchkämpft und überstanden werden. Vom Lande kam liebreiche Hilfe durch Hergabe von Lebensmitteln, besonders zur Weihnachtszeit. Ein Antrag an das Reichsministerium um andere Auszahlung der Renten ging in Erfüllung. Die Gruppe nahm sich der Konfirmanden an und sorgte für Kleidung: in den letzten Jahren konnte den Müttern durch Hilfe des Kreiskriegerverbandes je 20 RM ausgehändigt werden.

Fünf Herren des Kreiskriegerverbandes standen der Gruppe helfend und beratend zur Seite, auch wurde in allen juristischen und medizinischen Fragen bereitwilligst Unterstützung gewährt.

Sämtliche Kriegsbeschädigten- und Hinterbliebenen-Tagungen wurden von der jetzigen Vorsitzenden besucht und manche dort empfangene Anregung in die Tat umgesetzt zum besten der Gruppe. Die Zahl der Mitglieder nahm ständig zu, und an den Versammlungsabenden wurde nach dem geschäftlichen Teil auch die Geselligkeit gepflegt durch Vorlesungen, Lieder und andere Vorträge, die für die seelische Aufrichtung der Frau von großer Bedeutung waren. Nach zweijähriger Tätigkeit legte die 1. Vorsitzende aus Gesundheitsrücksichten ihr Amt nieder, Frau S. wurde zur 1. und Frau Sn. zur 2. Vorsitzenden gewählt. Durch Frau Sn. wurde die Geselligkeit in andere Bahnen gelenkt, sie wurde Führerin bei allen Veranstaltungen und übte mit Lust und Liebe besonders zur Weihnachtsfeier mit den Kindern hübsche kleine Spiele ein. Die Gruppe L. unterhielt gute Beziehungen zur Regierungsbezirks-, Provinzial- und Landesgruppe. Die Wohlfahrtseinrichtungen des Regierungsbezirksverbandes

C. mußte die Gruppe oft in Anspruch nehmen in Krankheits- und anderen Notfällen, auch war der Geschäftsführer, Dr. G., oft hilfs- und tatbereit.

Frau S. dankte am Schluß ihrer Ausführungen dem Wohlfahrtsamt, dem Kreiskriegerverband, sowie den früheren Fechtmeistern, Herrn M. und Herrn L., für ihre Mühe und Arbeit. Sie bat Frau Sch., den Dank auch an die Bundesleitung übermitteln zu wollen, zugleich mit dem dringenden Appell an die Leitung, den Bestrebungen, welche die Bezüge schmälern wollten, entgegenzutreten und beim Einbau der Zusatzrente in die Versorgungsrente zuerst bei den Witwen und Waisen anzufangen, auch Heilbehandlung sei erwünscht, und bei der Berufsausbildung der Kinder solle doch nicht gespart werden. Da der Deutsche Kriegerbund bislang auf alle radikalen Forderungen verzichtet und nur im Einvernehmen mit den betreffenden Behörden das wirklich Erreichbare gefordert habe, so sei er besonders in der Lage, seinen Forderungen stärkeren

Nachdruck zu verleihen. Lebhafter Beifall dankte für den anschaulichen Bericht.

Dann brachte die 3. Vorsitzende der Landesgruppe Preußen, Frau Schn., Berlin, Grüße und Glückwünsche und gedachte mit herzlich anerkennenden Worten der zehnjährigen Arbeit der Gruppe, insbesondere der Verdienste ihrer umsichtigen Vorsitzenden. Sie wünschte der Jugend eine glückliche Zukunft und brachte ein Hoch auf das Wohl der Hinterbliebenen-Gruppe aus.

Frau W., Hannover, brachte Grüße von dem Provinzialverband und legte den Müttern ans Herz, ihren Kindern den Geist des Kyffhäuserbundes in die Seele zu pflanzen und ermahnte die Kinder zur Unterstützung dieses Gedankens. Frau K. vom Regierungsbezirksverband war Vermittlerin der Glückwünsche der Hinterbliebenen-Gruppe C. und überreichte der Schwestergruppe ein Tischbanner. Die Gruppe K. ließ durch Frau St. grüßen und der Vorsitzenden der Gruppe L. ein schönes Bild überreichen. Persönliche Grüße der Gruppe V. bestellte Frau F., schriftliche Grüße und Telegramm waren neben einem Schreiben vom Reichsbankdirektor W. eingelaufen aus Hannover, Berlin und anderen Städten. Es herrschte eine freudige Stimmung, die noch erhöht wurde, als einige Auszeichnungen verteilt wurden.

Die 82jährige Frau Schr. wurde zum Ehrenmitglied ernannt und ihr ein Denkschreiben überreicht. Dann händigte Rechtsanwalt M. im Auftrage des Landeskriegerverbandes an Frau M., Frau H. und Frau Sn. die zweithöchste Auszeichnung, die der Landeskriegerverband zu verleihen hat, das Ehrenkreuz II. Klasse, aus. Mit diesem feierlichen Akt fand der offizielle Teil seinen Abschluß. Herr L. übergab der Vorsitzenden noch mit einigen Worten das Resultat seiner Fechterei auf der letzten Kriegervereinstagung und erntete hierfür herzlichen Dank.

Dann traten Humor und Heiterkeit ihre Herrschaft an. Mit Schenkungen fing es an. Frau Sn. verteilte mit heiteren Versen und freigiebigen Händen nützliche und schöne Sachen, die den Empfängern für ihre Verdienste um das Wohl der Gruppe vom Vorstand gestiftet wurden. Die Vorsitzende erhielt einen sehr schönen Handkoffer, Herr G. ein Kissen zum Ausruhen von anstrengenden Sitzungen, und sechs Vorstandsmitglieder bekamen hübsche kleine Geschenke, auch Herr Mk. wurde bedacht und ebenso Fräulein Mk., letztere für ihre Unterstützung bei musikalischen Vorträgen. Und dann war es wieder Frau Sn., die im Mittelpunkt der Vorführungen stand, die in bunter Reihenfolge die Gesellschaft für einige Stunden erheiterten und erfreuten. Den Auftakt bildete das Schubert-Lied „Die linden Lüfte sind erwacht". Und überzeugungstreu drangen die Worte in jedes Herz: „Nun, armes Herz, vergiß der Qual, nun muß sich alles, alles wenden."

Es folgte die mit reizender Schelmerei vorgetragene Arie des Ännchens aus „Freischütz" und als drittes das innig gesungene Wiegenlied „Guten Abend, gute Nacht". Frl. Mk.

begleitete am Flügel. Im weiteren Verlauf des Abends wurde noch viel Heiteres geboten, von denen besonders durch die gut gelungene Art der Darstellung die musikalische Komödie „Der alte Diener" aus der Fülle herausgehoben werden soll. Das heitere Singspiel stellte den Darstellern, Frau Sn., Frl. v. B. und Herrn Z., Hamburg, a. G., überaus dankbare Aufgaben, die sie mit Geschick und echtem musikalischen Einfühlen lösten. Sie legten damit für sich selbst und ihre Lehrerin, Frau G.-F., große Ehre ein. Herr G. hatte für dieses Spiel die Begleitung am Flügel übernommen. Mit sichtbarer Freude waren alle Beteiligten bei der Sache und hatten die Genugtuung, allseitig Freude zu wecken und herzlichen Beifall zu finden.

Noch ein paar Stündchen zwanglosen Zusammenseins – eine Verabredung für den nächsten Tag zwecks Besichtigung von L.'s Sehenswürdigkeiten, und alle trennten sich in dem Bewußtsein, schöne Stunden in echtem Kameradschaftssinn erlebt zu haben.

– J.B. –

Einen Handkoffer hatte sie praktischerweise geschenkt bekommen und freute sich sehr darüber. Wie viele Reisen hatte sie schon für die gute Sache unternommen! 1925 war sie auf dem Krieger-Bundestag in Neuruppin, 1927 auf dem Kriegertag in Soltau, 1928 fand das 50. Bezirkskriegerfest in Winsen an der Luhe statt, und 1929 war sie auf dem VII. Abgeordnetentag der Landesgruppe Preußen im Kriegsbeschädigten- und Kriegerhinterbliebenenverbande des Deutschen Reichskriegerbundes „Kyffhäuser" in Kiel. In der Anwesenheitsliste wurde sie als Beisitzerin im Vorstand der Landesgruppe Preußen aufgeführt. In wenigen Tagen standen der 52. Kriegertag in Lehrte und einige Zeit danach eine Tagung in Berlin bevor.

Wie reizend war doch das Gedicht, mit dem ihr der Koffer überreicht wurde:

Tagungen gibt es in Mengen.
Und auf unser eifrig Drängen
reist Frau S. ... meist hin,
vertritt uns ganz in unserm Sinn.
Bepackt mit Wünschen, gutem Rat
Setzt sie sie um dann in die Tat.
Da gibt es allerlei Geschichten,
und mancherlei gibt's zu berichten.
Doch zu 'ner Reis' gehört gar viel.
Besonders wenn Berlin das Ziel.
So auch ein Koffer für die Kleider,
die richt'ge Größe fehlt meist leider.
Dies Übel künftig zu umgehn,
laßt diesen Koffer uns besehn.
Ist er nicht schick und elegant?
Ich wirklich keinen schön'ren fand.
Voll Dank wir ihr den Koffer bringen
und wünschen ferner gut Gelingen!

Später im unterhaltsamen Teil der Veranstaltung gab es noch einmal einen Gedichtvortrag:

Der Kriegshinterbliebenen-Vereinigung gewidmet
von Frau A. M. ...

In ernster Zeit, nach Krieg und Not, ist der Verein geboren,
die Witwen sich zusammentun, gar mancher spitzt die Ohren.
Zehn Jahre sind verstrichen bald, der Bund, er lebt, er wird nun alt,
:/: und steht auf festen Füßen. :/:
So gingen denn die Jahre hin, was wird die Zukunft bringen?
Wo jeder nur sein Bestes gibt, wie sollt es nicht gelingen?
Um ihn ist uns nun nicht mehr bang, wir ziehen all an einem Strang.

:/: *Blüh ihm ein langes Leben.* :/:
Wir sind heut nun versammelt hier zu Lust und Freud und Lachen.
Und jeder, der es kann und mag, der darf ein Scherzchen machen.
Zusammenschluß nur führt zum Ziel. Ist's mit der Rente auch nicht viel,
:/: *der Mensch soll sich bescheiden.* :/:
Gar manches Mitglied fand alsdann ein neues Glück hienieden,
und and'ren ist in anderer Form gewiß ein Trost beschieden.
Steh'n wir als Witwen auch allein, wir wollen nicht mehr traurig sein.
:/: *Das Leben fordert Rechte.* :/:
Den Vorsitz führt Frau S. ..., Frau Si. ... assistieret,
und wenn's um Unterhaltung geht, sie manchmal was aufführet.
Das Publikum ist sehr erfreut,
sucht die Versammlung auf erneut.
:/: *Der Platz will oft nicht reichen.* :/:
Und sei's daheim, sei's anderswo in weit entferntem Orte,
Frau S. ... uns gerecht vertritt, sie findet kluge Worte.
Nicht minder eifrig führt sich ein die Frau Antonie H. ...,
:/: *Sie ist des Bundes Seele.* :/:
Die Helferinnen allzumal, die an dem Werke schaffen,
sie sind die Bienen in dem Bau, ihr Ruhm wird nie erblassen.
Doch unser Helfer größter, das ist der Witwentröster.
:/: *Ihm sei ein Glas geweihet.* :/:
So will ich denn beschließen nun den Sang von dem Vereine
und zur Befestigung des Ziels stoßt an mit edlem Weine.
Laßt sprühen Witz und auch Humor, holt Lust und Lachen jetzt hervor.
o jerum, jerum, jerum, o quae mutatio rerum.

Anna S. war glücklich, daß die Veranstaltung so gut gelungen war, und empfand große Dankbarkeit für all die ehrenden Worte, die ihr gegolten hatten, dankbar für das große Vertrauen und die Achtung, die man ihr entgegenbrachte. Es ermutigte

23

sie, gab ihr Sicherheit und bestärkte sie, auf diesem Weg weiterzugehen.

Tatsächlich war sie bei allen beliebt und geachtet. Als sie nach der erfolgreichen Organisation einer Weihnachtsfeier, womit sie sich wohl etwas viel zugemutet hatte, krank war, erhielt sie eine schöne Postkarte, mit der die Mitglieder der Kriegshinterbliebenen-Gruppe ihrer Ersten Vorsitzenden herzlichen Dank für alle Mühe und Arbeit zur wohlgelungenen Weihnachtsfeier und Wünsche für gute Besserung übermittelten. Dreißig Mitglieder hatten es geschafft, auf der kleinen Ansichtskarte ihre Unterschrift zu plazieren.

Nach der erfolgreichen Veranstaltung im Mai erhielt Anna S. folgenden Brief:

Verband der Kriegsbeschädigten u. Kriegshinterbliebenen des Deutschen Reichskriegerbundes „Kyffhäuser"
Landesgruppe Preußen
Frauengruppe Berlin

Berlin-Wilmersdorf, den 6.6.30

Meine liebe, sehr geehrte Frau S. ...
Nun komme ich erst heute dazu, Ihnen zu schreiben, obgleich ich es eigentlich gleich nach meiner Rückkehr aus L. ... tun wollte. Aber außer allerhand Arbeit gab es dann noch die Reise nach dem Kyffhäuser und so verschob sich meine Absicht von Tag zu Tag. Nun will ich aber Pfingsten nicht vorbeigehen lassen, ohne Ihnen zu sagen, wie hübsch Ihr Stiftungsfest damals war und wie lieb und freundlich der Zusammenhang Ihrer ganzen Gruppe auf mich gewirkt hat. Alles war so reizend arrangiert, der Ton des ganzen Festes so nett und gemütlich, daß ich mit wahrer Freude an die beiden Tage in L. ... zurückdenke.

Wollen Sie doch, bitte, auch allen Ihren Damen sagen, wie wohl ich mich in ihrer Mitte gefühlt habe und wie ich allen für die freundliche Aufnahme danke, die mir zuteil geworden ist.

Ihnen, liebe Frau S. ..., danke ich noch besonders und wünsche Ihnen weiter Glück und Freude an Ihrer schönen Arbeit.

Verleben Sie Pfingsten recht gesund und angenehm und nehmen Sie mit Ihren Damen recht herzliche Grüße

von Ihrer ergebenen

Margarete Schn. ...

Im Herbst 1930 hatte Anna S. das Bedürfnis, gegenüber sich selbst und gegenüber den Mitgliedern der Gruppe einmal eine persönliche Zwischenbilanz zu ziehen und hatte für die Versammlung eine Ansprache vorbereitet.

23.9.1930

Meine Erfahrungen
in meiner 10jährigen Tätigkeit

1. Allgemeine Betrachtungen

Viel Not und Sorge können behoben werden, wenn überall der richtige Weg gefunden würde. Oft liegt es auch daran, daß Personen über die Jugend urteilen, die nicht das richtige Verständnis für sie haben, weil ihnen der Gesichts- und Wirkungskreis fehlt, aus denen sie diese Erfahrungen sammeln können. Das bedingt einmal eine Vorbildung, die es möglich werden läßt, diese Kenntnisse nicht nur theoretisch, sondern auch praktisch zu sammeln. Die besten Erfahrungen sind aber die, die man selbst durchstehen muß. Deshalb möchte ich hier von meinen Erfahrungen sprechen, die der Allgemeinheit dienen sollen und sie den Nutzen davon haben dürfte.

2. Warum nehme ich mich der Hinterbliebenen an?

Weil ich ein halbes Jahr nach dem Tode meines Mannes von O. auf Wunsch meines Mannes nach L. zog, mich hier sehr verlassen fühlte und aus diesem Grunde ganz unfreiwillig an der Gründung einer Kriegsbehinderten- und Kriegshinterbliebenen-Gruppe mithalf. Als Vorstandsmitglied kam ich in den Beirat der Fürsorgestelle, vertrat für diese Organisation und nach einem Jahr schloß ich mich als Mitbegründerin einer anderen Organisation an, wo sich alle gebildeten Stände zusammenfanden.

Durch diese Tätigkeit wurde mein eigenes Leid gemildert. Sie gab mir den Austausch mit reiferen Menschen, den ich im Hause so entbehrte. Wenn man sieben Jahre in Harmonie miteinander verkehrt und dieser Verkehr dann durch eine elfjährige Ehe weitergelebt wird, entsteht mit dem Tod des einen Teils eine furchtbare Lücke. Überwunden habe ich sie bis heute nicht ganz.

Doch kam mir auch hier meine Tätigkeit zu Hilfe. Als ich vor drei Jahren mit meinen Frauen in Stärke von 100 Mitgliedern nach einem Nachbarort fuhr, wo ich den Saal bestellt hatte und wir den Kaffee unter Gesang- und Musikvorträgen genossen hatten, kam die Witwe eines Generalarztes zu mir mit der Frage: „Frau S., können wir nicht eine Polonaise miteinander tanzen?" Ich bejahte und forderte die Damen auf. Ganz wenig kamen der Aufforderung, mitzumachen, nach, sie schämten sich zu zeigen: Wir sind ja so gern fröhlich, wir können nur über den Berg, das Leid, nicht hinweg. Doch ich ließ nicht locker. Mit Humor und Fröhlichkeit holte ich alle 98 Mitglieder, und nur zwei alte Mütterchen, die Schmerzen am Bein hatten, ließ ich ungeschoren. Mit ein paar anderen Damen zusammen stellten wir die Herren und forderten dauernd auf. Nach und nach herrschte eine wirkliche Fröhlichkeit, die erhöht wurde, als ich das Programm durch komische Gesellschaftsspiele, wie Lauf- und Hüpftänze wachsen ließ. Am dritten Abschlag beteiligten sich nicht nur die Kinder, nein, alle Mütter liefen mit. Seit diesem Tage bin ich selbst ein Stück weitergekommen, seelisch, mit mir meine Frauen. Jedes Jahr einmal wiederholen wir diesen Tag in abgeänderter Form, und der letzte Sonntag in H., wo wir der Einladung der Hinterbliebenengruppe von W. gefolgt waren, nachdem diese dreimal bei uns war, war ein schöner Tag, nicht nur im Jahr, sondern auch die ganze Stimmung. Wir 168 Mitglieder sind wie eine große Familie, Standesdünkel hört hier auf, wenn man auch nach Ständen an Tischen zusammen sitzt. Auf den inneren Menschen kommt es ganz und gar an und die Vorbedingungen sind unsere Rentenbezüge. Hier ist noch vieles schmerzlich und wir Führerinnen können nur überbrücken, mildern und helfen. In dieser Eigenschaft wurde meine Tätigkeit so umfangreich, daß ich Sprechstunden eingerichtet habe. So gern ich helfe, werde ich von der Ausübung meiner häuslichen Pflichten so gehindert, daß vor vier Wochen die Einrichtung einer bestimmten Sprechzeit eine Notwendigkeit wurde. Viel Arbeit hatte ich durch die Witwe St. Von den drei Anträgen konnte ich ihr zwei als bejahend mitteilen. Für ihren Sohn bekam sie 60 M, für eine 22jährige Tochter 579,40 M Waisengeld nachgezahlt. Der Antrag auf Elternrente für die Mutter Dorothea W. hat mir viele Wege gemacht. Das Landeswohlfahrtsamt in H. hatte den Antrag auf Elterngeld im März 1930 nicht angenommen und nicht gestellt. Wegen dieser Sache kam sie Anfang April zu mir, und nun hieß es, die Sache wieder einrenken. Erschwerend ist die Schwerhörigkeit der Witwe W. Alle Voraussetzungen sind erfüllt. Ich verfolge wieder den Rentenantrag der Lehrerwitwe M. aus B.. Um die Kuren der Kinder K. für O., für jetzt, durfte ich mich bemühen, für die alte Mutter W., die Hausbesitzerin und eine Kapitalistin war, um einen Raum und eine Küche. Sie haust in einem Zimmer ohne Ofen. Die Zusatzrentenangelegenheiten der Witwe V. und Z. befriedigen mich noch keineswegs. Anträge an den Kyffhäuserbund stelle ich dauernd für bedürftige Mitglieder. In diesem Jahr bekam ich für die Gruppe 100 M für die Konfirmanden, 60 M für zwei Witwen, 1929 für Erholung für zwei Witwen 100 und 120 M, für drei Witwen 110 M, 1928: für fünf Witwen 170 M, für Kuren für zwei Witwen 100 und 100 M. In den letzten Monaten sind wieder zweimal 30 M von unserer Kassiererin ausgezahlt, die ich durch Antrag an die Kyffhäuser hereinzubringen hoffe. Jedes kranke Mitglied wird aus Mitteln der Beiträge mit Lebensmitteln unterstützt. Viel, viel Arbeit macht die soziale Arbeit meiner Gruppe.

So habe ich Sie nur ein Stück einführen wollen in meine Gedankengänge.

Mit dem Vertrauen zu mir ist auch meine Arbeit gewachsen: Es kam die Not der Jugend, die Mütter waren allein, sie quälten sich lange, kamen schließlich zu mir. Nur ganz widerstrebend konnte ich mich dazu zwingen, weil es mir nicht lag, aus den eigensten Erfahrungen heraus. Ich war müde, hatte selbst so schwer veranlagte Knaben und gebrauchte hier meine ganze Kraft selbst. Während die andere Arbeit nur aus dem Herzen kam und mir selbst etwas gab, gab mir diese Arbeit vorläufig noch nichts. Nur das große Zutrauen der Witwe K. ließ mich innerlich verlegen lächeln. Ich sagte ihr dann: „Was denken Sie, was ich für Sie tun könnte, wie könnte ich Ihnen denn helfen?" „Mit mir nach Hamburg fahren, zunächst zu meiner Tochter, dann zu meinem Jungen." Es war im kalten Winter 1928/29. Wir fuhren zur Tochter, trafen sie nicht, sondern ihren Liebsten. Die Mutter wurde von ihm hinausgeworfen, weil sie ihm gebot, von der Tochter zu lassen. Mit meiner Ruhe hatte er nicht gerechnet. Ich konnte zum Guten auf ihn einwirken, habe es nachher noch oft getan. Doch meine Hauptarbeit sollte dem Sohne gelten, der Polizeioffizier werden wollte. Die Leidenschaft, auf Pferde zu wetten, hatte ihn vollständig unter. Er versetzte alles, Anzüge, die Uhr des Vaters, nahm der Mutter Schmucksachen, silberne Löffel, kurz alles, was Wert hatte. Vorläufig konnte ich mir kein Bild von dem Jungen machen, versuchte ihn erst mal kennenzulernen und warum der Junge dieses tat. Meine zweite Reise galt nicht nur ihm, sondern auch einem Hauptmann, den ich um Hilfe bat. Diese Hilfe wurde uns gewährt, aber leider konnten wir es nicht umgehen, seinen direkten Vorgesetzten einzuweihen, es war bedauerlich, doch wir wollten zunächst einen guten Menschen aus ihm machen, was doch die erste Bedingung bei diesem Jungen war, über Gesundheit verfügte der Junge. So stand die Mutter nun nicht mehr allein; ihre Tränen wa-

28

ren furchtbar, sie konnte all ihr Geld in den Schlund des Pfandhauses werfen; der Junge ist geworden. – In seiner Ausbildung hat er infolge dieser Sache sein Ziel zurückstecken müssen. Wenn ich ihn jedoch am Arm seiner Mutter sehen kann, freue ich mich wirklich, denn sie ist glücklich. Der Erfolg wirbt für die Sache.

Ich denke an die Witwe Schl.. „Meine Erika ist so sehr gräßlich zu mir und sie war sonst so lieb, ich weiß nichts mit dem Kinde anzufangen", so sagte sie zu mir. Ich tröstete sie und nahm auch das Kind vor. Wie lieblos sprach das Kind von ihrer Mutter, sagte mir ganz offen, sie hielte nichts von der Mutter. Sie ist noch mitten in der Entwicklung drin, und die Mutter hat eine schwere Sorge mit ihr.

Ich denke an den Sohn meiner Freundin, einer Lehrerwitwe. Der Junge war hochbegabt, gab mit 17 Jahren bereits ein Konzert, mit 19 Jahren hatte er sein Maturum und studierte Musik. Er hatte oft Krämpfe, der Schaum stand ihm vorm Munde, und er schlug wild um sich. Hatte er einen Anfall überstanden, ging er ans Klavier und spielte die schwierigsten Sachen. Er komponierte so schwermütige Sachen. Die Mutter zog einen Spezialisten zu Rate, der untersuchte ihn lange und sagte dann zur Mutter: „Es ist seine Entwicklung, hoffen wir, daß es vorübergeht." Zu dem Sohn sagte er: „Junger Mann, arbeiten Sie nicht so viel." Das Ende: er erschoß sich, zwanzig Jahre war er alt.

Ich habe viel darüber nachgedacht, der Kurt war mir so lieb wie mein eigenes Kind, die Mutter war mir eine schwesterliche Freundin, doch ich höre die Mutter oft fragen: „Du sollst nur 'ne Eins und Zwei bringen", und ich konnte mich nicht enthalten zu sagen: „Minna, sporn ihn doch nicht so an!" Das große Herausfordern des Ehrgeizes in solcher Zeit ist nicht nur falsch, sondern geradezu schädlich. Und immer sehe ich Kinder mit großer Begabung, die so besonders schwer leiden.

Ich denke an den Sohn der Mutter P., der in dieser Zeit infolge Schwermut sich auch das Leben nahm und ins Wasser ging. Als ich zu der Mutter ging, hörte ich ihre Erzählung an und konnte mir das

Bild machen, daß der Junge ein armer Kerl war, der suchte und nicht fand, weil die Mutter ihn nicht verstehen konnte.

Weiter denke ich an die kräftige Käthe R., sie quält ihre Mutter maßlos. Als ihre und meine Vorstellungen nichts ausrichten konnten, riet ich der Mutter, diesem Mädel, das an dem Überschuß von Kraft leidet, doch einmal eine ordentliche Abreibung vom Vater zu verabfolgen. Es kam auch dazu, doch zunächst wurde es ganz schlimm. Das Mädel sagte mir: „Den Vater hasse ich, er will nie, was ich will. Die Mutter ist die Anstifterin." Während ich verstehen konnte, daß manche Kinder sich in Kleidung vollständig gehen lassen (wie mein Ältester zur Zeit), sind andere Kinder eitel und denken nur an Putz, um zu gefallen. (Die Käthe R. und mein Jüngster). Viel Worte werden von der Entwicklung im Munde geführt und wenig gehandelt. Wenn die Menschen doch nur Geduld mit solchen Kindern hätten, die ja krank sind und nicht können. Wie ein Schleier über ihr Denken haftet ihnen diese Umwälzung im Körper, sie denken bestimmt nicht immer klar, sind schwindelig, haben großen Blutandrang nach dem Kopfe und manchmal wird es ihnen schwarz vor den Augen (meinem Jüngsten). Irgendeine große Leidenschaft beherrscht sie, sei es Chemie, Sport, Rennen mitmachen, das Wetten auf bestimmte Dinge, Musik, Autofahren. (Die Käthe R. heiratet nur einen Mann mit einem Auto). Aber auch Fälle, wo die Knaben sich das Leben nehmen wollen aus Schwermut, sah ich, weil ich mit ihnen sprach, um die Gründe zu erfassen. – Die Zeit geht nicht so schnell vorüber, Jahre werden dazu gebraucht. – Die Lehrer bringen diesen schwer Leidenden wenig Verständnis entgegen. Es ist geradezu ein Jammer, daß nicht jeder Lehrer ein Kind hat, das sich so schwer durchringen muß. Dann stände es besser für die Allgemeinheit. –

Was bezwecke ich nun mit dem Auszug aus meinen Erlebnissen: einmal das, doch solchen Kindern ein besonderes Maß von Geduld und Nachsicht zu bewahren, auch wenn sie etwas tun, was nicht richtig ist. Dann empfinde ich es als einen Mangel, wenn es in der Provinz H. nicht ein Heim gibt, wo solche Kinder hingebracht wer-

den können. Warum gibt es nur solche Heime für Kinder von Eltern,
die die Mittel haben und 200 M dafür ausgeben können? Ich kenne
drei Heime: Cruegers Erziehungsheim, Dr. Iselmann, Nordhausen,
Frau Dr. Geheb, Nordeck bei Gießen. Hier finden solche Kinder
Aufnahme, die an seelischen Störungen leiden. (Die Prospekte habe
ich Dr. W. gegeben). Die Prospekte habe ich mit dem Oberarzt der
hiesigen Nervenheilstätte besprochen, Cruegers Erziehungsheim fin-
det er besonders gut. Auch das Urteil eines anderen Direktors einer
Nervenheilstätte kenne ich und mit unseren Ärzten habe ich über
solche Kinder gesprochen. (Nur aus einem gewissen Wissensdrang
heraus, die Kinder zu verstehen und zu helfen). Ich staune aber
gleichzeitig über eine große Unkenntnis bei Ärzten. Ich selbst stehe
noch mitten in meiner Arbeit drin; wenn ich mehr Mittel zur Verfü-
gung hätte für die eigene Person, würde ich längst um eine Rück-
sprache mit einem Nervenarzt gebeten haben, der ein Jugendamt
leitet oder dafür tätig ist. So setzte ich meine Arbeit langsam fort,
wenn mich die Gelegenheit in die Nähe bringt.
Am Schlusse meiner Ausführungen sage ich: Warum sollen Kinder,
die vorzeitig entwickelt sind oder eine bestimmte Veranlagung durch
Vererbung haben, durch andere Menschen für diese Veranlagung
leiden? Leiden sie selbst durch diese Veranlagung nicht genug? Es ist
ihnen keine Schuld beizumessen, denn ihr Handeln wird bestimmt
durch die sexuelle Angelegenheit.

Die einfache, bescheidene Art, in der Anna S. sprach, berührte
die versammelten Mitglieder. Sie empfanden größte Hochach-
tung für ihre Vorsitzende und für die Ernsthaftigkeit, mit der
die kleine weißhaarige Frau für die Sache eintrat.

Am 30. November 1930 fand in Berlin die VIII. Reichsvertre-
terversammlung des Verbandes der Kriegsbeschädigten und
Kriegshinterbliebenen des Deutschen Reichskriegerbundes
„Kyffhäuser" statt, an der Anna S. als Beisitzerin im Vorstand

der Landesgruppe Preußen natürlich teilnahm. In der Verbandszeitschrift „Versorgung –Fürsorge" Nr. 23 vom 7.12.1930 wurde ausführlich darüber berichtet. Darin heißt es unter anderem:

„Von den Diskussionsrednern seien noch erwähnt Frau S. ... = L., und Frau H. ... = München, die sich in zu Herzen gehenden Worten für die Interessen der Kriegshinterbliebenen, insbesondere der Kriegswaisen, einsetzten."

An dieser Veranstaltung in Berlin nahmen laut Anwesenheitsliste insgesamt 171 Personen aus ganz Deutschland teil.
Einige der Teilnehmer, und mitten unter ihnen Anna S., fanden sich noch zu einem Gruppenfoto zusammen, das an diesen Tag erinnern sollte.
In gleicher Funktion nahm die inzwischen 49jährige Anna S. die weite Reise nach Königsberg/Ostpr. auf sich, um an der dortigen Tagung vom 4.–6.Juli 1931 teilzunehmen.

Die Tätigkeit und die Versammlungen der Hinterbliebenen-Gruppe L. fanden einiges Interesse in der Öffentlichkeit, und so ist es verständlich, daß die örtliche Presse immer wieder in Ausführlichkeit über die Versammlungen berichtete.

Beilage zum L. Tageblatt
Donnerstag, den 3. September 1931

Sollen die Kriegsopfer noch weiter opfern?
Vortragsabend in der Kriegshinterbliebenen-Gruppe
des Kyffhäuserverbandes

Die Ortsgruppe L. der Kriegerhinterbliebenen im Kyffhäuser-Verbande hatte am Montag zu einem Vortragsabend im Bahnhofshotel geladen, der, wie man es unter der Leitung der aufopfernden Vorsitzenden, Frau S., nicht anders kennt, erfreulich gut besucht war. Als Gäste waren neben einigen Herren des Kreiskriegerverbandes L. und der Ortsgruppe A. der Sozialberater des Kyffhäuser-Provinzialverbandes, Herr Dr. G. und vom Regierungsbezirksverband Herr Rechtsanwalt Dr. B. erschienen.

An blumengeschmückten Tischen hatten die Teilnehmer Platz genommen, als Frau S. in ihren Begrüßungsworten die Gäste ganz besonders herzlich willkommen hieß. Schlicht und einfach, so führte sie aus, sei dieser Abend aufgezogen, da man die Mittel lieber für Unterstützungen verwenden wolle; je fester die Hilfsbereitschaft geknüpft sei, desto eher könne man den sozialen Aufgaben gegen die Mitglieder gerecht werden. Um aber die Arbeit bewältigen zu können, sei es wichtig, daß sie richtig eingeteilt werde; die Vorstände sollten sich bewußt werden, daß es auf die wirkliche Mitarbeit jedes Mitgliedes ankomme. Frau S. weist auf die Frauengemeinschaft der Werkstube für Frauen und Mädchen hin, aus der im letzten Winter täglich 200 Kinder in Privathäuser und 70 Kinder in einer Speiseanstalt gespeist werden konnten. Es konnte an ihr jedes Kind teilnehmen, das kein Mittagessen hatte, ohne Unterschied der Partei oder Konfession. Unter Leitung von Frau Landgerichtspräsident P. habe die Sammlung hierfür von Mitte Januar bis Mai die stattliche

Summe von 800 RM ergeben. Auch im kommenden Winter werde die Not groß sein, Frau S. appelliert an die Mitglieder, zu freudiger Mitarbeit bereit zu sein. In den Reihen der Hinterbliebenen sei die Lage niemals so ernst gewesen, wie jetzt. Die Rednerin gibt einen Rückblick über die Entwicklung der staatlichen Unterstützungen, die seit dem September 1930 eingeschränkt wurden, schon damals wurde die Gewährung der Kapitalabfindung fast ganz eingestellt; im April 1931 wurde die Neubewilligung von Kann-Bezügen eingestellt. Man habe das Gefühl gehabt, daß das Reich die Kriegswaisen im Stich gelassen habe. Um so mehr sei es der Bundesleitung zu danken, daß durch ihre Mitwirkung und zahlreiche Proteste nunmehr verfügt sei, daß Waisenrente und Erziehungsbeihilfe für über 18 Jahre alte Jugendliche, die in der Ausbildung begriffen sind, sowie Elternrente (jedoch höchstens 20 RM für ein Elternpaar und 12 RM für ein Elternteil) wieder bewilligt werden können. Allerdings müsse der mehr ver-

ausgabte Betrag durch Herabsetzung der Kinderbeihilfe wieder eingespart werden, da die erwähnte Milderung nur unter dieser Voraussetzung möglich gewesen sei. Zu außerordentlich eindringlichen Ausführungen, die von der Bitterkeit Zeugnis gab, die in den Kreisen der Kriegsopfer herrscht, nahm Frau F. das Wort: Warum müssen wir Kriegsopfer immer weiter opfern? Unsere paar Pfennige werden immer wieder gekürzt; die Herren, die die Notverordnung herausgegeben haben, wissen nicht, wie groß die Not im Volke ist! Welch ein himmelschreiendes Unrecht, die Erziehungsbeihilfen zu kürzen! Die Kinder müssen aus der Ausbildung herausgenommen werden. Eine Witwe unter 45 Jahren mit arbeitslosen Kindern bekommt nur die Grundrente von 34,05 RM. Wie gerne wollten wir arbeiten, aber es besteht ja keine Möglichkeit! Wir würden uns die Kürzungen gefallen lassen, wenn auch von oben herab gekürzt würde! Wir bitten dringend darum, daß keine Kürzungen mehr vorgenommen und die früheren Beihilfen in alter Höhe wieder bezahlt werden. Trotzdem der Kreis der Versorgungsempfänger durch Tod usw. kleiner wird, werden die dadurch freigewordenen Bezüge nicht als zusätzliche Versorgung gewährt, sondern die Beihilfen werden geringer.

Die schlichten Worte machten starken Eindruck auf die Versammelten, auf sie antwortete sofort Herr Dr. G. und überbrachte zunächst die Grüße des Führers der Provinzial-Gruppe, Herrn Oberst Freiherrn von H., der zu seinem Bedauern am Erscheinen behindert war, aber seinen Besuch in Aussicht gestellt hat. Es ist wohl keiner, so fährt der Redner fort, der die Ausführungen der Vorrednerin nicht unbedingt unterstreicht. In der Bundesleitung wisse man genau, wie es aussieht, und man habe es in den Bemühungen auf Besserung in der Versorgung nicht fehlen lassen. Bei der Verabschiedung der 5. Novelle im Jahre 1927 habe man die Genugtuung gehabt, daß die Parteien ausnahmslos erklärten, daß das Reich nicht genügend an die Versorgung der Kriegsopfer denke. Die Kriegerhinterbliebenen wurden in dieser Novelle etwas benachteiligt, als die Beschädigten eine Ausbesserung von rund 15 %, die Hinterbliebenen dagegen von rund 9 % erhielten. Aber im Ganzen brachte doch jede Novelle eine Aufbesserung und es wurden auch 1927 die Kann-Bezüge geschaffen, die den Versorgungsbehörden bei weitherziger Auslegung Gelegenheit geben sollten, Härten auszugleichen. Das ist damals auch geschehen! Es ist auch nicht zu bestreiten, daß die Leiter der Versorgungsämter ein Herz für die Kriegsbeschädigten und Kriegshinterbliebenen haben, aber sie sind an die Vorschriften gebunden. In der Notverordnung von 1930 wurden die Hinterbliebenenansprüche noch nicht berührt; in der Verordnung von September 1930 aber griff der Minister in die Kann-Bezüge ein und befahl den Beamten, in jedem Falle auf das Genaueste zu prüfen, ob die Bezüge überhaupt noch oder in voller Höhe zu gewähren seien. Wird eine Einkommensgrenze überschritten, so darf keine Elternrente mehr bewilligt werden; es ist bisher nicht möglich gewesen, eine Änderung zu erreichen. Wenn schon Elternrente bezogen wurde, mußte sie entzogen werden, sobald die Einkommensgrenze – auch nur um Bruchteile einer Mark – überschritten wurde; jeder einzelne Fall mußte bis aufs einzelnste nachgeprüft werden. Es sind außerordentliche Härten vorgekommen und es ist aufs Äußerste zu verurteilen, daß man an diesen Stellen begann, zu sparen. Als man bei uns anfing, wußte man von Sparmaßnahmen des Reiches noch gar nichts, und es ist geradezu unverantwortlich, daß man zuerst bei jenen Kreisen zu sparen anfing, die die größten Opfer gebracht haben. Man kann auch leider die Überzeugung nicht haben, daß durch dieses Opfer unsere Lage gebessert wird; dabei ist hervorzuheben, daß in unseren Kreisen die Kürzung von einer RM bei den niedrigen Einnahmen von ungeheurer Bedeutung ist. Der Reichsarbeitsminister sei allerdings in Schutz

zu nehmen. Bei den Verhandlungen sei immer wieder durchgeklungen, daß er den Organisationen dankbar ist, wenn ihm Material als Rückenstärkung gegen das Reichsfinanzministerium in die Hand gegeben wurde. Auch bei der Notverordnung sei durch die Hartnäckigkeit des Reichsarbeitsministeriums erreicht, daß statt der geplanten 150 bis 160 Millionen nur 85 Millionen an Versorgungsgebühren eingespart werden sollten. Ganz unverständlich sei aber die katastrophale Verordnung vom 2. April 1931 gewesen, nach der gemäß Beschluß des Reichskabinetts im ganzen Reiche keine Ausgaben mehr gemacht werden sollten, für die keine gesetzliche Verpflichtung bestand, mit der also die Erziehungsbeihilfen – gerade um Ostern herum, als die Kinder in die Berufe gegangen waren – gestrichen wurden. Erst mit einer Verfügung vom 26. August 1931 ist hier eine Milderung eingetreten, durch die aber – wie bereits vorhin erwähnt ist – eine Änderung des Gesamtergebnisses nicht eintreten darf. In der Bundesleitung werden alle Möglichkeiten zu erschöpfen gesucht, um Milderungen zu erreichen. Lebhafter Beifall dankte den ausführlichen Darlegungen des Redners. Nachdem Frau S. noch einige Einzelfälle aus den Versorgungsbescheiden zur Sprache gebracht hatte, erwähnte Herr Rechtsanwalt Dr. B. noch kurz die Kyffhäuser-Tagung in Königsberg mit den erhebenden Ausflügen nach Tannenberg und Marienburg. Diese Ausspannung habe mit neuem Mut erfüllt. Schwer sei es, wenn man an jedem Morgen ohne den Anreiz einer Hoffnung erwachen müsse. Aber man dürfe Mut und Hoffnung nicht verlieren. Es seien gewaltige nationale Kräfte am Werk und sie haben sich konsolidiert; sie drängen sich bewußt an ihre Aufgabe. Es wird der schwerste Winter unseres Vaterlandes werden, wir wollen in treuer Kameradschaft zusammenstehen; wenn es die schwersten Kämpfe zu überwinden gilt, ist es gut, wenn man weiß, wohin man gehört. Wir tun von unserer Organisation alles, was wir können, um unseren Hinterbliebenen zu helfen.

Diese von leidenschaftlicher Vaterlandsliebe getragenen Worte wurden mit lebhaftem Beifall aufgenommen. Frau S. schloß mit Dankesworten an die Versammlung den Abend, der in dem Deutschlandliede ausklang. Die wohlgelungene Veranstaltung zeigt, daß die Ortsgruppe der Hinterbliebenen unter der unermüdlichen Tätigkeit ihrer Vorsitzenden bemüht ist, den schwersten Opfern des Krieges Erleichterung zu verschaffen und die gemeinsamen Nöte im Geiste der alten Frontkämpfer kameradschaftlich zu tragen!

– p. –

Inzwischen hatte der älteste Sohn von Anna S. nach dreieinhalbjährigem Besuch des Katharineums in Lübeck das Reifezeugnis erlangt und im Herbst das Studium der Geodäsie in Berlin begonnen. Weiterhin blieb ihre persönlichen finanziellen

Situation angespannt und die Sorge um den jüngsten Sohn belastete sie sehr.

Zweites Blatt der L. Anzeigen
Sonnabend, den 6. Februar 1932

Kriegshinterbliebenengruppe des Kreiskriegerverbandes L.

Die Hinterbliebenengruppe hielt am 2. Februar bei E. ihre Hauptversammlung ab. Die Vorsitzende, Frau Anna S., begrüßte die zahlreich Erschienenen, ganz besonders den 1. Vorsitzenden der Kriegsbeschädigten und Hinterbliebenen von der Landesgruppe Hamburg, Herrn V., den neuen Kreisgruppenführer Studienrat Dr. M. und den Sozialberater Regierungsobersekretär H.. Anschließend erstattete die Vorsitzende den Jahresbericht. Die Versammlungen waren durchweg gut besucht und fanden allmonatlich statt. Die Gruppe zählt 173 Mitglieder. Zwei Mitglieder verlor sie im Vorjahre durch Tod, zwei durch Fortzug, ein Mitglied durch Verheiratung. Neun neue Mitglieder konnten aufgenommen werden. An Beitrag wurden 40 Pfennig monatlich erhoben, worin das Geld für zwei Zeitungen einbegriffen ist. Aus Mitgliederkreisen wurde angeregt, den Beitrag herabzusetzen. Dem wurde nicht stattgegeben. Neben den Betreuungen in Renten- und Fürsorgeangelegenheiten wurden bedürftige und kranke Mitglieder mit Lebensmittel unterstützt. In besonderen Not fällen wurden Anträge an den Regierungsbezirksverband gestellt. Hierfür wurden 175 RM bewilligt. Besondere Fürsorge wurde den Konfirmanden gewidmet, für sie konnten 200 RM ausgegeben werden. Wie seit Jahren üblich, wurden auch diese Konfirmanden mit ihren Müttern und dem Vorstand zusammen gebeten. Die eindrucksvollen und ermahnenden Worte des Jugendpflegers K. standen unter dem Leitgedanken: „Stets habe vor Augen ein hohes Ziel, erreichst du nicht alles, so erreichst du doch viel." Die Vertretungen beim Versorgungsgericht wurden durch Herrn H. wahrgenommen. Besuche von Nachbargruppen wurden erwidert. Zu Tagungen war Frau S. in Lehrte, Celle, Embsen und Hannover. Als Vorstandsmitglied der Landesgruppe Preußen nahm sie auch an der Tagung in Königsberg teil, die am 4. Juni mit einer Vorstandssitzung für die Kriegsbeschädigten und Hinterbliebenen eröffnet wurde. Frau S. wurde für weitere vier Jahre wiedergewählt.

Am 5. Juli begannen die Begrüßungen und die Referate. Das Reichsarbeitsministerium war neben anderen Behörden vertreten. Der Vertreter führte aus: „Je größer die Not, je größer die Hilfe", und wies dabei auf die Wohlfahrtseinrichtungen und die Waisenhäuser des Kyffhäuserbundes hin, wodurch viel Not gelindert würde. Die aufklärenden Lehrvorträge über die Versorgung der Kh. und Kb. beanspruchten einen weiteren Zeitraum. Damen der Gruppe beteiligten sich an den Sammlungen für die Winternothilfe. Des schlichten und eindrucksvollen Abends bei W., den die Kriegsgräberfürsorge veranstaltet hatte, wurde gedacht. Der große Ausflug wurde unter zahlreicher Beteiligung am 14. Juli nach E. gemacht. Eine Ortsgruppe des Kh. und Kb. wurde an demselben Tage in E. gegründet, nachdem am 12. April die Kreisgruppe durch den 1. Vorsitzenden des Kreiskriegerverbandes in L., Rechtsanwalt M., neu aufgezogen war.

Auch an Versammlungen nahmen der 1. und 2. Vorsitzende des Kreiskriegerverbandes Anteil. Die Weihnachtsfeier fand im Bahnhofshotel zu aller Zufriedenheit statt. Alsdann nahm der 1. Vorsitzende der Landesgruppe H. das Wort. Er gab eine Schilderung der Fürsorge für die Krieger von früher und heute. Mit vielseitigem Beifall wurden diese Ausführungen aufgenommen. Herr V. ermahnte die Versammelten, ihren Führern zu folgen und ihnen das größte Vertrauen entgegenzubringen. Herr Dr. M. betonte, daß er sich gern in den Dienst der Sache gestellt habe und hoffte auf die allseitige Mitarbeit und forderte zu einem regen Besuch der Versammlungen auf. Die Vorsitzende schloß die Versammlung mit einem herzlichen Dank an den Kreiskriegerverband für das Interesse für die Hinterbliebenen, sie dankte ferner den beiden Rednern, sowie dem Gesamtvorstand der Gruppe für die treue Mitarbeit.

―――――――

Wenn man berücksichtigt, wie sehr ihre Tätigkeit, die sie in ihrem Erfahrungsbericht selbst eindrucksvoll schilderte, sie zeitlich beanspruchte, so hält man es fast nicht für möglich, daß Anna S. daneben auch noch Mitglied in der Ortsgruppe L. des Reichsverbandes der Ruhe- und Wartestandsbeamten und Hinterbliebenen e.V. war, wo sie gemäß Mitgliederverzeichnis von 1933 auch noch als 2. Schriftführerin im Vorstand war. Die Stadt L. war für die Ortsgruppe des „Pensionär-Vereins" in zehn Bezirke eingeteilt. Bestimmte Straßengruppen bildeten jeweils einen Bezirk. Für den Bezirk II war Anna S. Bezirksvorsteherin.

Inzwischen hatte die Tochter von Anna S. im Jahre 1931 das Examen als Gewerbelehrerin absolviert. Die sich anschließenden Bemühungen, eine Anstellung zu bekommen, schlugen fehl. Die Sorge um die Arbeitslosigkeit der Tochter belasteten Anna S. schwer, während sie gleichzeitig das Studium und die Unterkunft für den ältesten Sohn finanziell zu verkraften hatte. Infolge der anhaltend schlechten Berufsaussichten, einigen kurzzeitigen Hilfstätigkeiten bei gleichzeitigem Besuch von Fortbildungsseminaren, ging die Tochter schließlich 1933 nach England, wo sie als Hauslehrerin tätig sein konnte, und dann sogar für ein ihrer Obhut anvertrautes junges Mädchen als Begleitperson eine Reise nach Südafrika und nach Portugiesisch-Ostafrika zu unternehmen hatte. Durch unglückliche Umstände – das ihrer Obhut anvertraute junge Mädchen erkrankte unmittelbar nach der Ankunft an Malaria und starb kurze Zeit später –, verkürzte sich der Aufenthalt in Afrika und im Frühjahr 1934 kehrte sie zurück.

Am 10. Januar 1935 wurde der schon seit 1918 verwitweten Frau Anna S. aufgrund der Verordnung vom 13. Juli 1934 zur Erinnerung an den Weltkrieg 1914/18 das von dem Reichspräsidenten Generalfeldmarschall von Hindenburg gestiftete Ehrenkreuz für Witwen verliehen.

1935 verließ Anna S. die Stadt L. und zog nach Hamburg.

Wenn dies auch nicht genau belegt werden kann, so kann es doch als sicher angenommen werden, das Anna S. unmittelbar vor ihrer Übersiedlung nach Hamburg das Amt der Vorsitzenden der Hinterbliebenen-Gruppe L. aufgegeben hat.

Zwei Jahre später zog sie von Hamburg nach N., wo inzwischen ihr ältester Sohn nach Ablegung der ersten Staatsprüfung beruflich tätig war. Dort fand im gleichen Jahr auch die Hochzeit der Tochter statt.

Schon im Oktober 1938 wurde Anna S. mit polizeilicher Verfügung aufgefordert, an Luftschutz-Lehrgängen teilzunehmen.

Anfang 1939 kehrte Anna S. nach Hamburg zurück.

Auch hier nahm sie im Juni 1940 an Luftschutzlehrgängen für Luftschutzwarte teil.

Das Schicksal bestimmte ihr, auch den Zweiten Weltkrieg mit allen Schrecknissen durchzustehen. Beide Söhne wurden bald zum Kriegsdienst einberufen. Im August 1940 verlor sie ihren jüngsten Sohn. Er starb in Frankreich im Alter von 25 Jahren.

1940 wird Anna S. Mitglied der DRK-Kreisgemeinschaft Hamburg und praktiziert ihre Mitgliedschaft auch in den Folgejahren durch aktive Hilfe. Schon 1930 war sie in L. Mitglied des Vaterländischen Frauen-Vereins vom Roten Kreuz, wie auch in

N. 1937, nachdem sie nach N. übersiedelt war. Im Volksbund Deutsche Kriegsgräberfürsorge e.V. war sie Mitglied mindestens schon seit 1926.

1940 absolvierte ihr ältester Sohn die Diplom-Prüfung und erlangte den Grad eines Diplom-Ingenieurs.

Ihre Tochter war inzwischen mit ihrem Mann nach Pommern gezogen, und Anna S. war stolz auf ihr erstes Enkelkind. 1941 kam das zweite und 1943 das dritte Enkelkind zur Welt.

Trotz aller Schwierigkeiten während dieser Zeit reiste Anna S., inzwischen nun schon 61 Jahre alt, oftmals zu ihrer Tochter, blieb eine Weile bei ihr und den Kindern und war auch dort, als die Nachricht kam, daß der Schwiegersohn als in Rußland vermißt gemeldet wurde.

Kurz bevor das katastrophale Geschehen des Krieges Pommern überrollte, schloß sich Anna S. nach Absprache mit ihrer Tochter einem westwärts ziehenden Flüchtlingstreck an, im Kinderwagen das jüngste Enkelkind vor sich herschiebend. Sie schaffte es, mit dem Kind im Kinderwagen die gewaltige Strecke von Pommern nach Hamburg zu bewältigen und ihre Wohnung in Hamburg zu erreichen. Ihre Tochter konnte mit den anderen beiden Kindern die letzte sich noch ergebende Fluchtmöglichkeit in einem militärischen Pferdetransportzug zwischen den Pferden nutzen.

Die Wohnung von Anna S. wurde mehrfach beschädigt, als die Bomben auf Hamburg fielen.

Das Kriegsende erlebten sie schließlich, nachdem sie sich nach getrennter Flucht wieder zusammengefunden hatten, gemeinsam auf dem Lande in H., dem Geburtsort von Anna S., wo sie bei Verwandten Unterkunft fanden.

So bald es möglich war, kehrte Anna S. in ihre Hamburger Wohnung zurück. 1947 heiratete ihr ältester Sohn, dem es bei Kriegsende gelungen war, wohlbehalten heimzukehren. 1948 wurden dem jungen Ehepaar Zwillinge geboren. Die junge Familie wohnte bei Anna S. trotz der beengten Verhältnisse in ihrer Wohnung, bis sich berufliche Möglichkeiten und damit eine Übersiedlung der jungen Familie nach L. ergaben.

Die Nachkriegsjahre brachten wiederum Not und Entbehrungen mit sich, die die alternde Anna S., inzwischen auch an Herzschwäche leidend, nur schwer verkraftete.

1949 kehrte der Schwiegersohn aus russischer Kriegsgefangenschaft heim und mußte für sich und seine Familie eine neue Existenz aufbauen.

Im gleichen Jahr aber verlor Anna S. auch ihren ältesten Sohn nach kurzer schwerer Krankheit, als er gerade 40 Jahre alt war. Er hinterließ eine junge Witwe und zwei gerade einjährige Kinder.

Auseinandersetzungen wegen seines Nachlasses bewirkten, daß Anna S. auch noch den Kontakt zu ihrer Schwiegertochter und deren beiden Kindern verlor.

Es war Anna S. vergönnt, noch einige wenige Jahre lang in bescheidenen Verhältnissen ein geruhsames Leben zu führen.

Anna S. starb am 7.3.1955 kurz vor Vollendung ihres 73. Lebensjahres.

Unter afrikanischer Sonne

Eine Episode in Briefdokumenten

Anna S. konnte stolz auf ihre Tochter Erika sein, die zielstrebig ihre Ausbildung hinter sich gebracht hatte. Da war zunächst 1927 das Examen als Handarbeitslehrerin. Daran schlossen sich ein einjähriges Praktikum in Schneidern und Putz und der Besuch des Gewerbeseminars an, wo sie Ostern 1931 das Examen als Fachgewerbelehrerin für Schneidern und Putz und im Herbst 1931 auch noch das Hauswirtschaftsexamen abschloß. Nun war sie fertige Gewerbelehrerin für Fach- und Berufsschulen. Auch Erika war glücklich über ihren Erfolg. Doch trotz ihrer soliden Ausbildung fand sie keine feste Anstellung und mußte sich hier und da mit unbefriedigenden Aushilfsstellen oder stundenweiser Lehrtätigkeit begnügen. Es drohte ihr, wie vielen anderen jungen Frauen in dieser Zeit, die Arbeitslosigkeit, deprimierend und demoralisierend zugleich.

Um der Arbeitslosigkeit zuvorzukommen, bemühte sich Erika S. um eine Tätigkeit im Ausland, und es gelang ihr unter der offiziellen Bezeichnung als „Sprachstudentin" eine Anstellung als Hauslehrerin in England zu bekommen.

So berichtete sie ihrer Cousine Erna B.:

... das muß klappen u. wird auch. Durch das am 1. April noch zu beziehende Gehalt habe ich vorläufig immerhin die Hinfahrt. Ich fahre mit dem Dampfer von Hamburg bis Southampton. Ihr müßt mal auf die Landkarte gucken. – Sieh, Erna, u. nun möchte ich Dir herzlich für Deine Einladung in den Osterferien danken. Sieh, dann bin ich ja schon fort. Es müßte denn ganz merkwürdig kommen. Ich würde sehr gern vorher noch einmal Euch u. das sonst so liebe Hannover sehen, aber die Zeit ist nicht mehr da, da ich ja bis zuletzt un-

terrichten muß, außerdem heißt es verdammt sparen. Horst wird noch einen Sonnabend-Sonntag wohl hierherkommen, er steht ja augenblicklich mitten in seinem Schlußexamen. Schade, daß ich den Horst nicht heiraten kann. Bis er unter diesen schlechten Verhältnissen soweit ist, kann ich bereits Großmutter sein. Und das ist ein bißchen lange. – Der Abschied von meinen Hagener Kindern wird mir sehr schwer werden, ich hänge sehr an den Kindern, u. sie haben eine ganz entzückende Art, einem ihre Zuneigung kundzutun. Besonders die Kleineren sind so liebe Dinger. Die Mittelschulmädels sind mir zu große Äffchen. Für so was habe ich nicht viel Sympathie. Auch der Rektor dort ist mir zu beflissen, redet mich mit „Gnädiges Fräulein" an, so ein Kamel, was? – Schreibt mir nun bitte bald mal wieder, Erna, den versprochenen Brief. Ich meine, Ihr müßt meinen Entschluß **doch** für richtig halten. Es bleibt mir wirklich keine Wahl. Über die Stellung selbst berichte ich ein anderes Mal. Für heute Schluß. Henner u. Elisabeth u. Dir, liebe Erna, viele herzliche Grüße: Deine Erika. (Entschuldige die Wahnsinnsschrift).

01.09.1933

Newdigate House, Marine Mansions, Bexhill on Sea/Sussex

Meine liebe Erna, nimm heute meine herzlichsten Glückwünsche zu Deinem Geburtstag. Ich denke, daß Ihr den Tag, wie immer, vergnügt und mit vielen Bekannten u. Buroses zusammen feiern werdet. Gut, daß es gerade ein Sonntag ist, denke ich. – Ich weiß ja gar nicht mehr, wie es Euch dort geht, wie Elisabethchen mit der Schule zufrieden ist, ob Henner in diesem Jahr viel draußen war, wie Du Haushalt hältst, ins Theater gehst, ach, es gibt ja so vieles, was man gern wissen möchte. Wart Ihr verreist in diesem Sommer? Mir geht es hier wirklich sehr gut. Ich habe 2 x meine Stellung gewechselt, war mit meiner vorigen u. dieser jetzigen, in der ich gerade drei Wochen bin, sehr zufrieden. Es ist hier eine wunderschöne Stadt u. man ge-

46

nießt Bade- und Strandleben. Die See ist ja so schön u. blau, ich bin zum ersten Mal in meinem Leben ein ganz klein bißchen braungebrannt u. bin sehr stolz darauf. – Ich bin nun bald fünf Monate hier u. meine sprachlichen Fortschritte sind recht zufriedenstellend. In dieser neuen Stellung als in 1. Linie Governess u. außerdem Gesellschafterin für eine 15jährige Amerikanerin, die hier ihrer Gesundheit wegen in einer Klinik lebt, bin ich anständig bezahlt –, für heutige Verhältnisse. Ich lebe hier mit fabelhafter Bedienung, habe alles frei u. verdiene 5 Pfund monatlich. Ein Spaß für Henner: Ich habe außer Arithmetik, Geschichte, Deutsch u. soweit wie möglich Englisch – Geographie zu unterrichten. Augenblicklich hat sie Ferien, u. bis in 14 Tagen muß ich mich ja mit dem Gedanken ausgesöhnt haben, das heißt heimlich abends nach 8 Uhr, wenn ich frei bin u. das Mädchen schläft, den Atlas hernehmen u. mir die Länder besehen. Ich finde, daß es ein recht schlechter Witz ist, aber ich werde es schaffen. Außerdem unterrichte ich „Handfertigkeiten" u. Näherei. Ich spiele Tennis mit ihr u. Golf, begleite sie zu ihren Reitstunden, gehe nachmittags mal ins Kurkonzert mit ihr, veranstalte Picknicks mit irgendeiner der hübschen alten Burgen hier in der Umgegend als Ziel. – Die Krankheit besteht in sehr häufigen Ohnmachtsanfällen, die fast alle 4–5 Tage auftreten, die sehr ruhig verlaufen, aber als epileptisch bezeichnet werden. Sie sind wahrscheinlich eine Einwirkung der Tropen, da die Eltern des Mädchens in Südafrika leben in einer englischen Kolonie „Rhodesia", trotzdem sie Amerikaner sind. Der Londoner Arzt hat sie nun für gesund genug erklärt, nach Afrika zurückzugehen. Das kommt nun alles sehr plötzlich. Vor drei Tagen eröffneten mir die Leiterinnen hier, Ende September mit der Nancy nach Afrika zurückzukehren unter Begleitung einer der beiden Leiterinnen der Klinik hier, die eine Zeitlang dort bleiben wird, um für mich alles möglichst günstig zu regeln. Bedingungen: Ich habe mich für ein Jahr zu verpflichten, bekomme Hin- und Rückreise frei (die man zusammen mit etwa 5.000 RM zu veranschlagen hat), mein Gehalt weiter wie hier, meine zwei freien halben Tage. Die

Stadt heißt Salisbury u. liegt etwa 250 km südlich des Zambesi, Tropengebiet, Hochland, aber das Klima soll etwa wie dieses hier sein. Ich werde sehr wahrscheinlich gehen, es ist eine große Chance, wenn mir der Entschluß bislang auch einige schlaflose Nächte verursacht. Ich habe meinen Entscheid am Sonntag, an Deinem Geburtstag, Erna, kundzutun, am Montag werden in London die Dampferangelegenheiten geregelt. Wenn man dann in Afrika ankommt im November, ist es gerade wieder Sommer. Ich heul mich bestimmt noch halbtot. Doch hängt mein endgültiger Entschluß noch von Mamas und Horsts Brief ab, die ich per Flugpost, denke ich, morgen erwarte. Wie das Leben doch mit einem herumwirft, wieviel lieber hätte ich ein nettes Heim, eine Familie, für die ich sorgen könnte, als alle diese Extravaganzen. Schreib mir doch bald einmal, damit ich sehe, wie es Euch geht, bevor ich nun vielleicht Europa verlasse. Grüße Buroses herzlich. Viele Grüße für Henner und Elisabeth, Du selbst sei heute besonders herzlich gegrüßt von Deiner Erika. – Ich war bereits zweimal einen ganzen Tag in London u. ich bin recht begeistert. Ich gehe hier jeden Sonntag zur Kirche u. finde das wunderschön.

10.09.1933

Newdigate House, Marine Mansions, Bexhill on Sea/Sussex

Meine liebe Gertrud, gestern waren es fünf Monate, seit ich englischen Boden betrat. Wie oft habe ich in der Zeit gelacht, wenn ich Ausdrücke u. Worte gebrauchte, die ich von Dr. Stuhr her erinnerte, die dann falsch waren oder falsch ausgesprochen. – Nun erst einmal meinen Dank für Deinen Brief aus dem Anfang Deiner Zeit dort. Ich hoffe u. wünsche Dir, liebe Gertrud, daß Du Dich inzwischen an den Umstand einer Lernzeit gewöhnt hast u. es ein bissel besser für Dich geworden ist. Mich interessiert es sehr, was Du mir über Deine Tätigkeit schreibst. Ich glaube, gerade für Deinen Beruf ist es gut, daß Du manchmal etwas reichlich viel Idealismus in Dir hast. Man muß das haben als Krankenschwester, denke ich u. die Tätigkeit charitativ auffassen –, wenn man das nicht hat u. nur so seine Arbeit täglich tut. sich auf seine freie Zeit freut, in der man gewaltig über die Stränge schlägt, wie das so viele Krankenschwestern gerade tun –, muß man doch alles nur mit Widerwillen tun –, u. das ist schrecklich. –

Du mußt mir bald einmal wieder schreiben, Gertrud. Dein Spruch über die schönen Tage: „Nicht weinen, daß sie vorüber sind –, lachen, daß sie gewesen sind", ist ja so gut u. ist ja so gut auch auf mich bezogen. Doch davon später. –

Ich will nun einmal wieder einen Berg von mir erzählen. Hier häufen sich die Geschehnisse, und ich weiß nicht, wo ich starten soll. Daher am besten chronologisch: Ich war vier Wochen lang in meiner Stellung hier bei dem kleinen Jungen, der eben über ein Jahr alt war, u. ich konnte mich vier Wochen lang nicht an diese Tätigkeit gewöhnen, die ich von meiner Freundin geerbt hatte. Eines schickt sich nicht für alle. Ich kann nicht mit Babies, sagen wir, mit anderer Leute Babies. Einmal wäre er mir beinahe in der Badewanne ertrunken, u. ein andermal startete er gerade, Stecknadeln zu fressen, als ich ihn vorm Tode errettete. Ich konnte vor Angst vor dem nächsten Tag nicht ruhig schlafen. – Ich suchte eine neue Stellung, hatte Glück, fand eine mit doppelt soviel Taschengeld, als ich vorher hatte, war Gesellschafterin einer 17jährigen jungen Dame, hatte einen phantastischen Sommer mit Autoausflügen, war zweimal einen Tag in London, täglich dreimal baden in der See, Tennis usw. Dort war ich drei Monate. Seit einem Monat habe ich meine 3. Stellung. Ich bin wieder eine Nummer aufgerückt. Ich bin jetzt Governess-Companion (d.h. Gesellschafterin u. Gouvernante!) für eine 15jährige junge Amerikanerin, deren Eltern in Südafrika leben, die – wahrscheinlich unter Einwirkung der Tropen – an häufigen Ohnmachtsanfällen leidet, die man als epileptisch bezeichnet, die aber sehr ruhig verlaufen. Seit drei Jahren lebt sie in England unter der Aufsicht eines berühmten Londoner Gehirnspezialisten. Sie ist ein

49

sehr schwieriges Kind, bislang hatten wir Ferien, ganze vier Wochen, nächste Woche fangen wir mit dem Unterricht an, aber nur 1 Std. täglich. Ich werde zu unterrichten haben: Arithmetik, Geographie, Geschichte (sag mal, hast Du in Deinem Leben mal was von englischer Geschichte gehört? Ich nicht.) Deutsch, Englisch, Handfertigkeit, Zeichnen, Näherei. Jetzt in den Ferien haben wir Golf u. Tennis gespielt, hat sie Reitstunden, machen wir Ausflüge u. Picknicks. Es ist sehr wertvoll für das Mädchen u. ihre Gesundheit, ob sie glücklich u. zufrieden ist oder nicht. Da sie mich liebt, ist sie seit einiger Zeit viel besser. Mir ist sie interessant mit ihrer halb wirklichen, halb hysterischen Krankheit, u. ich bin nett zu ihr. Da sie mich liebt 1., 2. aber besser ist, hat der Arzt sie für fähig erklärt, wieder nach Hause zu gehen – nach drei Jahren, ob für immer, ist natürlich ungewiß. Man hat mir vor acht Tagen den Vorschlag gemacht – u. ich habe zugesagt, für ein Jahr – mit nach Südafrika zu gehen. Was sagst Du zu diesem Sprung? Wir fahren am 20. Oktober unter Begleitung der Leiterin der Klinik hier, in der wir leben, die 14 Tage dort bleibt, um mir alles so einzurichten, wie es erforderlich ist u. ich es wünsche. Wir fahren vom 20. Oktober bis 28. November. Reiseroute: London – Liverpool – Gibralta – Marseille – Malta – Port Said – Aden – Madagaska – Beira. Beira erreichen wir am 28. Nov., von dort fahren wir zwei Tage u. zwei Nächte mit dem Zug durch die portugiesische Kolonie westlich in die englische Kolonie Rhodesia, nach Salisbury, der Stadt, die mich ein Jahr beherbergen wird gegen ein anständiges monatliches Gehalt u. freie Hin- u. Rückreise. Es ist südlich des Zambesi, Tropen u. Hochland. Wenn wir am 1. Dezember ankommen, wird es dort gerade wieder Sommer. –

Schreib mir noch einmal vorher. Später hörst Du mehr von mir. Hab ich nicht Mut? Das Leben ist hier ja so gesund u. einfach! Ich habe allerhand Ärger mit der Nancy, aber eine Mittelmeerreise usw. wiegt das schon auf. – Ich hoffe, daß es Dir gut geht, liebe Gertrud. Viele Grüße, Deine Erika. Doch glaub mir, lieber als all diese Extravaganzen würde ich heiraten, ein Haus, einen Garten u. Kinder haben in Deutschland u. für eine geliebte Familie schuften wie ein Neger.

06.11.1933

British India Steam Navigation Company, Limited, S. S. „Madura"

Liebe Erna, lieber Henner, u. liebe kleine Elisabeth, seit vorgestern schwimmt die Tante Erika nun bereits im roten Meer, in zwei Stunden sind wir in Port Sudan, einem unserer Häfen, u. bis dahin will ich Euch noch schnell ein paar Worte schreiben. –
Unsere Reise war bezaubernd, so richtig genießen tue ich sie von Port Said ab. Port Said hat mir furchtbar gut gefallen, merkwürdig leicht gebaute Häuser, Straßen, lieber Gott: Wenn Ihr Euch die nähere Umgebung anguckt u. nicht die Nase zur Erde gesenkt habt, stolpert Ihr über Berg u. Tal. Dreckig, sämtliche Rassen Asiens u. Afrikas, Neger, Ägypter. Araber in den phantastischsten Bekleidungen, Taschenspieler, Verkäufer von den unmöglichsten Sachen. Polizisten in weißen Uniformen mit roten Fezen auf dem Kopf. – Seit Port Said hat hier die ganze indische Besatzung u. Offiziere u. Kapitän weiße Uniform. Herren tragen abends anstatt Frack u. Smoking weiße Dinner-Anzüge, die sehr gut aussehen, fast wie Uniformen. – In Port Said haben wir drei unsere Tropenhelme gekauft, die wir heute bei unserem Spaziergang durch Port Sudan einweihen werden. Hier auf dem Schiff werden sie schon von sehr vielen Leuten getragen, aber ich kann ja sehr viel Hitze vertragen. Wir haben hier jetzt 95° Fahrenheit, das ist enorm viel, ich weiß nicht genau, aber ich glaube, es ist so 36° Celsius. Stellt Euch vor! Mit Segeltuch ist rings um das Schiff herum die Sonne abgeblendet, man fühlt sich am wohlsten im kalten Bad morgens u. im Schwimmbad. Sämtliche Spiele ruhen – zu heiß. Ich liege in meinem Deckliegestuhl u. lese zum zehnten Mal meine Berliner u. Hamburger Illustrierten von Anfang Oktober, die ich am Freitag, dem 2. November, für enormes

Geld in Port Said erstand. Aber abends wird unentwegt getanzt u. ich habe einen sehr netten Partner, der gut tanzt, für meine Bequemlichkeit sorgt, vornehm u. nett ist. Vor allem bin ich hier sicher vor einem „Flirt" –, denn all die jungen Engländer an Bord sind mit Vorsicht zu behandeln u. nicht zu freundlich. –

Eine unheimliche Eleganz ist hier fällig. Ich habe immer noch mein weißes Abendkleid, das wieder geändert ist, mein dunkelrotes Crèpe-Satinkleid u. habe mir in England nun schönen rosa Taffet gekauft, den ich gestern zugeschnitten habe. Aber es ist tatsächlich zu heiß, um sich ernsthaft zu betätigen. –

Ich habe eine greuliche Angst vor der Äquator-Taufe. Es muß ein grausamer Spaß sein. Ich weiß nur, daß man zum Schluß der Zeremonie mitsamt Liegestuhl u. Bekleidung rückwärts ins Schwimmbad gekippt wird, hoffentlich breche ich mir kein Bein! –

Unsere Bedienung hier ist enorm, Wäsche wird gewaschen von den Boys, sie tun jede Arbeit für einen. –

Von all den Schlaraffenlandgenüssen an Bord genießt man nicht mehr viel, man lebt von Obst, Salat u. Eis von morgens bis Mitternacht. –

Ich hoffe, daß es Euch dreien recht gut geht, in welcher Kälteverfassung sich Deutschland befinden mag, ist einem hier glatt unvorstellbar. – Grüßt Buroses sehr u. seid selbst sehr, sehr herzlich gegrüßt von Eurer Erika.

Meine Afrika-Adresse:

E.S., Limbe Lodge,

P.B.599, Salisbury,

So. Rhodesia, Afrika. –

Die Abende, wir haben Mondschein, sind so bezaubernd, das schönste war der Suez-Kanal nach Port Said –, daß man oft recht an Heimweh leidet. Ich habe dem Horst versprochen, nach einem Jahr zurückzukommen.

03.12.1933
Salisbury (Rhodesia).

Liebe Erna, lieber Henner u. kleine Elisabeth, hier zunächst Euch allen meine herzlichsten Wünsche u. Grüße für Weihnachten u. das neue Jahr. – Mein Schicksal hat sich wieder einmal gewendet. Gleich nach unserer Ankunft in Beira starb meine kleine Nancy nach drei sehr schweren Krankheitstagen. Wir nehmen an, es war Malaria. Wir sind alle zur Beerdigung hierher gefahren, haben ein paar sehr gemütliche Tage in diesem Palast hier verlebt, werden fabelhaft bedient von den schwarzen Kerls, die in ihrer weißen Livree manierlich aussehen. Am 6. Dezember fahre ich nun allein heim auf einem deutschen Dampfer der Wörmann-Deutsch-Ostafrika-Linie, d.h. daß ich gegen Mitte Januar in Hamburg landen werde. Was dann wird, ist mir noch unklar, aber ich habe durch diese Reise in die Welt so viel Erfahrung gesammelt, daß irgend etwas glücken wird. Kinder, die Welt ist ja so schön! Schon allein das macht einen glücklich. Ich freue mich, nach Deutschland zurückzukommen, trotzdem ich gern ein Jahr hier gelebt hätte.

06.01.1934
Beira, portug. Ostafrika

Liebe Gertrud, heute nacht habe ich derart seltsam lebhaft von Dir geträumt, beim Aufwachen kam mir dann der Entschluß, meine freie Zeit heute für Dich zu verwenden. Ich danke Dir herzlich für Deinen freundlichen Brief vom Oktober, den ich noch ganz kurz vor meiner Abreise in England bekam. – Ich freue mich für Dich, daß Du dort anscheinend bei einer einigermaßen zufriedenstellenden Tätigkeit gelandet bist. Ich denke mir, daß dies eine Schwesternarbeit ist, die wirklich erfreulich u. schön ist. Ich erinnere mich, von der Anstalt dort schon gehört zu haben. Als ich in Altona in der Gr. Westerstr. an der Berufsschule unterrichtete, hatte ich zwei Schülerinnen, die dort entbunden waren u. ich denke, auch eine, mit einer von den greulichen Leiden, die diese Luderchen von übermäßiger Lebensfreude bekommen. Ihr müßt dort demnach Wohlfahrts- u. Kassenpatienten haben, ja? – Wenn ich Dir von Afrika erzählen soll, weiß ich nicht, wo anfangen. Daß es schön ist, ist gar kein Ausdruck. Man ist einfach hingerissen von all der Buntheit u. scheinbaren Glückseligkeit u. Unbekümmertheit der schwarzen u. braunen Menschen hier unter der ewigen Sonne. Meine Reise durchs Mittelmeer war wunderbar. Gibraltar, Messina, Port Said –, ach u. dann der begeisternd romantische Suez-Kanal mit Vollmondnächten –, Nilmündung weit glänzend auf der einen Seite u. Wüste u. Kamele u. Salzblöcke auf der anderen. Dann die vielen verschiedenen u. seltsamen Negerrassen. Auf dem Schiff war es sonnig u. schön, man trieb Sport, schwamm, ich unterrichtete meine Nancy u. abends schmiß man sich jeden Tag in große Abendklamotte u. tanzte nach dem englischen Dinner. Die Nancy als Amerikanerin u. ich waren die einzigen Ausländer unter den 160 englischen Passagieren. Alles war ganz wunderbar –, doch das Ende unserer Reise war denkbar traurig, meine kleine Nancy starb kurz nach unserer Ankunft hier in Beira, wir nehmen an, an Malaria. Ich fuhr dann noch mit ins Inland mit ihren Eltern, erlebte die Beerdigung u. war noch eine Woche in dem Palast v. einem Hause zu Gast. Dann siedelte ich wieder an die Küste über, zu deutschen, sehr reichen Leuten hier in Beira, um für ihre zwei kleinen Kinder tätig zu sein. Es ist so schön hier, wir leben in einem Haus, das Fritz Höger gebaut hat, im schönsten Haus von Beira, wir haben sieben Neger zur Bedienung in diesem Haus. Gestern zum Beispiel waren die beiden noch jungen Eltern hier eingeladen in der Stadt u. ich hatte mein Dinner abends allein, nachdem d. Kinder im Bett waren. Ich mußte mir Mühe geben, meine Würde zu bewahren, als wie immer, zwei Schwarze in weißer Livree am Büfett standen u. mir meine Nahrung servierten. Zuerst ist es einem etwas unsympathisch, so dauernd von Schwarzen nur bedient zu werden, sie bringen Dir frühmorgens den Tee ans Bett –, man muß sich erst

an diese Selbstverständlichkeiten gewöhnen als frisch importierter
Europäer. Aber sie sind enorm aufmerksame u. gelehrige Dienstbo-
ten. Zu Weihnachten habe ich Okama, den schwarzen Koch, ange-
leitet, Pfefferkuchen u. Marzipan zu backen. Aber Weihnachten bei
27 °C Wärme ist doch nicht ganz das Richtige, und auf die Wärme
hin habe ich heute erklärt, man möchte doch so en passant sehen,
eine neue Gouverness zu bekommen. Wir haben seit drei Tagen
mittags 36 °C im Schatten u. es soll noch wärmer werden. Ich bin ja
nun an keinen Kontrakt hier gebunden – mit der Nancy habe ich
mich auf ein Jahr verpflichtet gehabt –, ich habe mein 1.-Klasse-
Billet nach Hause in der Tasche, also, ich fahre in absehbarer Zeit.
Selbst die Hitze würde ich ertragen, aber ich bekomme zum erstern-
mal in meinem Leben Heimweh. Du weißt, daß daheim ja jemand
ist, den ich sehr gerne habe –, na ja, u. da muß ich dann eben heim.
Ich gedachte über Kapstadt u. Las Palmas zurückzufahren, damit
ich nun noch die Westküste v. Afrika sehe. – Hier baden wir an dem
Stückchen haifischsicheren schönen Badestrand, heute nachmittag
geht es mit dem Auto in den Affenwald. Man hat es hier so gut, wird
bedient, verdient Geld, dafür näht man ein bißchen u. badet die
Kinder zweimal am Tag. Ich selbst stehe so etwa alle vier Stunden
unter der kalten Dusche. Afrika ist, wie gesagt, ein bissel warm. –
Hier in Beira gibt es 2 000 Einwohner, die sich verteilen auf Portugiesen, Inder, Goanesen, Spanier, Italiener, Griechen, Franzosen,
Holländer, Engländer, Afrikaner u. 20 Deutsche. Ich, als eine von
den wenigen mit weißer Haut, bin das 7. Weltwunder hier u. Du
solltest nur einmal die Bemühungen der schwarzäugigen Portugiesen
sehen. Sie legen sich an den Strand in meine Nähe u. erzählen sich
furchtbare Renomisterei in englischer Sprache, weil sie wissen, daß
ich prima englisch spreche, jedoch ihr Portugiesisch nicht verstehe
oder jedenfalls doch nur vereinzelte Worte davon. – Neulich kam so
einer auf mein Zelt zugeschritten u. fragte mich, ob er mich photo-
graphieren dürfte –, als ich dann energisch u. unfreundlich ablehnte,
fragte er, ob er die zwei (wirklich entzückenden) Kinder photogra-

phieren dürfte, ich lehnte nochmals ab u. erklärte ihm, ich besäße selbst eine Kamera daheim – er blieb stehen u. hielt mir immer noch seine Kamera unter die Nase, da kamen zwei „Retter", auch Portugiesen u. jünger, schickten ihn weg, legten sich in den Sand vor meinem Zelt u. nach fünf Minuten lud einer von ihnen mich ins Kino zum Abend ein u. zum Ball im Savoy-Hotel für die Silvesternacht. Das nennt man vom Regen in die Traufe – u. ich lehnte freundlich wieder ab. Gestern wurde ich auf der Straße von so einem hübschen Kerl, der abends seit langem um unser Haus schleicht, zu Fahrten in seinem entzückenden Auto eingeladen –, aber ich weiß, daß ich nichts annehmen darf. Es ist verteufelt interessant hier. –

Später einmal mündlich mehr. Wenn Du mir schreiben willst, bitte p. Adr. an meine Mutter, L., Wilschenbrucherweg 26, weil mich möglicherweise hier keine Post mehr erreicht. Ich bin ja vielleicht Ostern schon daheim. Nun viele liebe Grüße v. Deiner Erika.

06.01.1934
Beira

Liebe Erna, beginnen möchte ich mit nachträglichen guten Wünschen für das neue Jahr. Hoffentlich geht es Euch allen recht gut. Wart Ihr Weihnachten daheim in Hannover? – Für mich war dieses ja das erste Weihnachtsfest, das ich nicht mit meiner Familie beging – u. ich muß sagen –, so war es denn wohl kein Weihnachten für mich. Von meinem wechselvollen Schicksal habt Ihr sicher gehört, daß meine Nancy vor fünf Wochen plötzlich starb, ich noch mit ihren Eltern nach Salisbury fuhr, sechs Tage dort war, schon von der Küste, Beira, wieder abfahren wollte, schon auf dem Dampfer –, hier eine Stellung angeboten bekam von dem Generalagent der Deutschen Ostafrika-Linie zu seinen zwei kleinen Kindern (drei u. fünf Jahre). Ich wußte nicht, ob ich zusagen sollte, nahm daher den Vorschlag an, erst mal besuchsweise mit ihnen zu kommen u. dann zu sehen. Ich bin nun vier Wochen mit ihnen zusammen, habe ein

56

deutsches Weihnachtsfest miterlebt mit Weihnachtsbaum u. Weihnachtsmann – allerdings bei 28 °C Wärme, was man hier als kühl bezeichnet. Die letzten Tage hatten wir 36 °C im Schatten, wüst warm. Ja, u. nun mußte ich mich ja so oder so entscheiden u. habe also gesagt, daß ich gerne helfen würde mit den Kindern, bis sie jemand finden, aber das wahre Glück ist es für mich ja eben nicht, mit kleinen Kindern zu wirken. Außerdem hab' ich doch so allerhand Sehnsüchte nach Deutschland, nach Mama, den Jungen u. dem Horst – u. ich habe wirklich einen guten u. gründlichen Begriff von Afrika bekommen. M.s verhandeln bereits mit einer Kindergärtnerin, die bei einer deutschen Familie in Johannisburg ist, so daß ich vermutlich bereits mit dem nächsten Dampfer, der Tanganjika, am 24.1. abfahre; der Dampfer wäre am 5. März dann in Hamburg. Ich wäre dann gerade ein Jahr durch die Welt gestrolcht u. das ist genug – man gewöhnt sich sonst überhaupt nicht wieder an europäische Verhältnisse u. bleibt doch hier draußen hängen. Es wäre ja wirklich beinah schon so gewesen. Aber wunderschön war die ganze Zeit hier draußen. Wir haben hier in Beira ein Stückchen haifischsicheren Badestrand, der bezaubernd ist. Ein Neger baut einem ein Zelt auf, weil man ja in der Sonne nicht liegen darf. Beira ist eine kleine Stadt von 2 000 Einwohnern – für Afrika ja groß u. wohl die für Schiffahrt bedeutendste Stadt der Ostküste. Die 2 000 Einwohner sind Portugiesen, Italiener, Franzosen, Holländer, Engländer, Inder, Chinesen, Goanesen, Griechen u. 20 Deutsche. Die Deutschen halten sehr nett zusammen, haben ihre Skatabende wie daheim u. freuen sich von einem deutschen Dampfer auf den nächsten. Junge Damen gibt es hier nicht viele, u. solche mit wirklich weißer Haut nur ganz vereinzelt, so daß unsereiner hier berühmt u. umworben ist. Ich habe mit Deutschen zusammen sogar schon einen portugiesischen Ball mitgemacht u. das hagelt nun nur so von Einladungen zu Autofahrten oder in das einzige Kino hier oder in die guten Klubs. Aber man tut gut, vorsichtig zu sein, diesen schwarzäugigen, oft sehr gut aussehenden Leuten gegenüber, ich nehme natürlich nichts an. Das

macht alle Herren hier so frisch u. nett aussehen, daß sie ja nur weiße Anzüge tragen, dazu die weißen Tropenhelme, weiße Schuhe –
das sieht schon prima aus. – Woran ich mich ja im Leben nicht gewöhnen würde, ist, daß man in den Geschäften handeln muß. Ein
Inder soll mir Sandalen machen, für die er 15 Schilling forderte, ich
verspreche ihm aber nur 7, jetzt läuft er eine Woche lang um mich
herum mit Angeboten, die ich natürlich immer ablehnen muß. Natürlich kommt er eines Tages an u. sagt: „All right, Missis, 7 Schilling", so was ist einfach schrecklich für mich. Aber ich bin hübsch
sparsam gewesen hier draußen. Außer Briefmarken braucht der
Mensch hier ja auch nichts. –
Vorgestern haben wir eine weite Autofahrt ins Inland gemacht, in
den Affenwald. Wunderschöner wilder Urwald mit Schlinggewäch-
sen u. hohen Bäumen, seltsamen Vögeln u. Riesenschmetterlingen,
2–3 Meter hohe Ameisenhügel dazwischen –, aber leider hab ich
keinen Affen zu sehen bekommen – nur hören konnte man sie. Wir
sind dann durch ein kleines Kafferndorf gefahren. Frauen u. Kinder
laufen ja fort, wenn ein Auto kommt, aber der schwarze Mann
bleibt stehen u. legt die Hand an die Stirn zum Gruß u. verneigt sich.
Das ist sehr hübsch. –
Die Bedienung von den Schwarzen ist enorm u. man gewöhnt sich so
schnell daran. Hier im Hause haben wir sieben dienstbare Geister. –
Wenn ich mit der Tanganjika zurückfahre, sehe ich noch allerhand,
Durban, Kapstadt, Lüderitzbucht, wo wir je zwei Tage bleiben.
Dann Las Palmas, Southampton, Antwerpen. Ich freue mich so sehr
aufs Heimkehren, nur muß man sich dann ja ans Arbeiten wieder
gewöhnen. –
Das war nun erst mal wieder ein Generalsbericht. Ihr hört von der
Fahrt von mir. Euch nun viele herzliche Grüße, Henner, Elisabeth-
chen u. Dich, liebe Erna, v. Deiner Erika. Bitte herzliche Grüße an
Buroses.

04.02.1934
Hamburg-Amerika-Linie, an Bord der „Tanganjika"

Lieber Henner, zunächst meine herzlichsten Glückwünsche zu Deinem Geburtstag. Hoffentlich seid Ihr alle gesund und frisch, um die übliche schöne Feier zu veranstalten mit Buroses und Fabigs zusammen. Ich schicke Euch hier ein Bildchen von meiner sonnigen Zeit in Beira mit, damit Ihr seht, daß ich trotz Tropenhitze mit 36 °C im Schatten immer noch ein hübsches Fräulein bin. – Ich habe mich ja nun doch entschlossen, heimzufahren. Aber tatsächlich wird einem der Abschied von Afrika nicht ganz leicht. Es ist ja so wunderbar schön, u. besonders hier, südlicher, wo die Sonne herrlich ist, aber nicht so tropenheiß. Ich fahre ja nun ganz allein, habe eine wunderschöne 1.-Klasse-Kabine ganz für mich allein u. sehe in jedem Hafen noch so viel wie möglich u. mache Aufnahmen, die ich Euch später dann einmal vorführen werde. Ich war in Laurenco Marques zwei Tage, in Durban waren wir vier Tage u. ich war von netten Engländern zu einer Fahrt ins Inland für einen ganzen Tag eingeladen, wir besuchten Bekannte in Pietermaritzburg. Gestern waren wir in East-London, wo ich vom leitenden Ingenieur ausgefahren wurde. Nachmittags habe ich dann mit einer ganzen Gesellschaft am Strand gebadet. Heute sind wir in Port Elizabeth. Gestern war ein Tanzabend an Bord, so daß ich mich erst heute nachmittag zu einem Ausflug nach dem berühmten Schlangenpark aufraffen werde. Übermorgen sind wir in Kapstadt, leider nur zwei Tage, man hat mir soviel vom Kap vorgeschwärmt, dort habe ich dann wieder englische Bekannte mit eigenen Autos. Wenn man die Unternehmungen nämlich allein tätigen würde, würde es zu teuer werden u. ich könnte nicht viel sehen. Und es ist ja nett, von allen ein bißchen verwöhnt zu werden. Ich kenne nur einen Deutschen, der nett ist u. nur bis zum Kap mitfährt, die ganze Reise mitmachen tun nur ein junger Graf u. ein Kommerzienrats-Ehepaar – alle drei sind aristokratisch u. wirklich ungenießbare Deutsche. Dadurch, daß ich fast nur mit Engländern zusammen bin, wird mein Englisch ja noch etwas besser – also ist das nur gut. –

Ich denke, in Kapstadt kommen viele neue Passagiere, unter denen es einige passable geben wird. Ich sehe dann noch Lüderitzbucht u. Walfischbai, Las Palmas, Southampton, Antwerpen, Bremen, am 5. März bin ich in Hamburg. Ich freue mich toll auf meine Familie. Hoffentlich kommt Mama nach Hamburg. Ich denke gerade, wie muß Elisabeth gewachsen sein in der langen Zeit, wo ich sie nicht gesehen habe. Euch dreien nun sehr herzliche Grüße von Eurer Erika.

Febr. 1934
Poststempel Las Palmas.

Liebe Alice, uff, 13 Tage auf See sind 'ne lange Zeit, es ist wie ein Geschenk vom Himmel, daß wir morgen werden festen Boden unter den Füßen haben in diesem „bezaubernd" ungekünstelten Las Palmas. Ich werde mit dem jungen hochzeitsreisenden afrikanischen Ehepaar eine Autofahrt über die Insel machen. Seit heute ist es zu kalt zum Schwimmen. Schwimmbad wird abgerissen. Die Leute aus den Tropen tragen bereits Eskimo-Verkleidung u. bewundern mich mit Sommerkleidern u. ohne Strümpfe. Der ganzen lieben Familie u. Dir 1 000 Grüße v. D. Erika.

Wenige Tage später, nachdem Erika S. in Cuxhaven wieder heimischen Boden betreten hatte, feierte sie gemeinsam mit ihrem Horst die Verlobung.

Spurensuche

„Vita brevis est, brevis finietur.“
Biographisches Fragment

Die wenigen Dokumente liegen auf dem Schreibtisch ausgebreitet. Gerade so viel, daß alles zusammen in einen mittelgroßen Briefumschlag paßt, ist von dem kurzen Leben des jungen Mannes geblieben. Hans Eberhard, der Name eines Toten, mit dem eine verwandtschaftliche Beziehung besteht, das war alles, was bisher bekannt war. Es widerstrebte, ihn als Onkel zu bezeichnen, zumal er schon tot war, als man selbst geboren wurde, und im übrigen nur rätselhaftes Dunkel diesen Namen umgab. Es wurde nicht von ihm gesprochen.

Einmal, als ich noch ein Kind war, fragte ich nach ihm, und unsere Mutter erklärte, er sei 1940 beim Segeln auf der Seine in der Nähe von Paris ertrunken. Ich nahm diese Erklärung an. Doch später, als ich für Zeit und Ort wenigstens einige geschichtliche Hintergründe gelernt hatte, wenngleich auch diese Epoche im Schulunterricht fehlte, war mir klar, daß die Mutter sich diese Geschichte zweifellos ausgedacht hatte, um ihr Kind nicht mit den ganzen Zusammenhängen zu belasten. Warum sonst sollte sie diese Geschichte erfunden haben. Oder welches Geheimnis, über das sie nicht reden wollte, verbarg sich vielleicht dahinter.

Später fragte ich sie nochmals nach dem Schicksal ihres Bruders. Zögernd erklärte sie mir dann, daß er damals, um nicht zum Kriegsdienst eingezogen zu werden, über Belgien und Frankreich nach Spanien hatte fliehen wollen, aber kurz vor der spanischen Grenze aufgegriffen worden sei. Kurz danach sei er gestorben. Die näheren Umstände seien aber nicht bekannt. Ohne daß es wie ein leiser Vorwurf klang, erwähnte ich die Ge-

schichte vom Segeln auf der Seine, die sie mir früher einmal erzählt hätte. Aber sie erinnerte sich an diese Geschichte nicht
mehr.

Auch unser Vater, der sich gern und intensiv mit der Geschichte unserer Familie befaßte und alles, was er in Erfahrung
gebracht hatte, mit seiner kleinen akkuraten Handschrift, die
ihn als einen gründlichen und ordnungsliebenden Menschen
erkennen ließ, niederschrieb, kannte das Schicksal seines
Schwagers nicht. Er hat in seinen Aufzeichnungen notiert:

*„Bei Ausbruch des Zweiten Weltkriegs 1939–1945 wurde er zur
Wehrmacht eingezogen und kam im Feldzug gegen Frankreich zum
Einsatz. Am 31.8.1940 fand er in Frankreich den Tod. Die näheren
Umstände sind nicht bekannt."*

Auch das war, wie sich erweisen wird, nur zum Teil richtig.
Aber warum wurde aus der Geschichte dieses jungen Mannes
ein Geheimnis gemacht? Welch ein Makel haftete ihm an, daß
man nicht darüber sprach?

Inzwischen sind Jahrzehnte vergangen, und es gibt niemanden
mehr, der über das Schicksal von Hans Eberhard noch etwas
sagen könnte.

Mit zunehmendem Alter gehen die Gedanken häufiger in die
Vergangenheit zurück. So ist es nicht verwunderlich, gerade
auch aufgrund der Beschäftigung mit den väterlichen Manu-
skripten zur Familiengeschichte, daß das Interesse geweckt
wird, auch über Hans Eberhard aus den wenigen hinterlassenen
Dokumenten mehr zu erfahren.

In einem schwarzen Schreibheft hat Anna S. über zwei Jahre
lang von der Entwicklung ihres jüngsten Sohnes Hans Eberhard
Aufzeichnungen gemacht.

„Am 4. Sept. 1915 am Morgen ¼ nach 10 Uhr erblickte unser kleiner Hans Eberhard das Licht der Welt und zwar als ein gesundes Kerlchen von 7 ¼ Pf. Gewicht. Niedlich sah er aus mit ganz langen schwarzen Haaren, blauen Augen und ein paar dicken Pausbäckchen. Erika u. Oswald haben sich beide recht über ein Brüderchen gefreut. Sein Vater, unser lieber, lieber Papa war leider nicht anwesend, er steht seit dem 20. Februar 1915 in Feindesland und beschirmt unser liebes Vaterland und sein Weib u. s. Kinder. Hart ist die Zeit und ernst, mögen meine beiden Söhne nie das Los des Vaters teilen, dieses ist mein innigster Herzenswunsch.

Zuerst hatte der Kleine 225 Gramm abgenommen, am 13. Okt. wog er bereits 8 ½ Pf. Ich habe ihn nun bald gewöhnt, er kommt jetzt meistens gegen ½ 6 Uhr und schläft er die Nacht jetzt durch. Er lacht schon so niedlich, wenn ich mich mit ihm beschäftige, gibt er schon Laute von sich.

27. Okt.1915: Gewicht 9 Pf. u. 25 Gramm, Zunahme 275 Gramm. Meine Freude über den kleinen Mann ist groß, auch sein Vater freut sich recht über seinen Kriegsjungen. Könnte er ihn doch mal sehen, wie groß ist seine Sehnsucht nach uns, aber er muß ausharren. Wann wird es ein Wiedersehen geben, wann?

27. Nov.1915: Gewicht 10 Pf. u. 400 Gramm. Er ist ein dickes Kerlchen und er ist in seinem Wesen weit für sein Alter. Wenn er aufwacht u. er wird geholt und ich beschäftige mich etwas mit ihm, daß ich manchmal ein Wort spreche oder ihn anrufe, lacht er und liegt noch stundenlang still. Die Umstände bringen es auch mit sich, daß er so brav ist. Der Vater ist in Rußland, augenblicklich in Wischnew, der Oswald hatte Mandelentzündung, am 3. Tage bekam Erika Scharlach und die Kinder lagen beide. Dann war Oswald wieder besser und nun hat er auch noch Scharlach bekommen. Den Kleinen habe ich zu Frau F. tun müssen und ich gehe sechsmal hin, um ihn trinken zu lassen. Gebe Gott, daß alle meine Lieben mir erhalten bleiben, es ist eine schlimme Zeit für mich. Wann wird endlich Friede sein?

27. Dez.1915: Seit 14 Tagen greift er. Zu Weihnachten bekam er ein Püppchen, er sah es an und lachte und quietschte vor Freude. Er ist ein gesundes Kerlchen. Bis jetzt bekommt er nur Brust. Nachts schläft er, diese Tage hat er von 10 ½ Uhr bis des Morgens um 9 geschlafen. Erika u. Oswald sind zu glücklich über den kleinen Mann, ich selbst aber auch.

3. Jan. 1916: Gewicht 12 Pf. u. 100 Gramm.

15. Jan. 1916. Der kleine Mann kann etwas neues. Er suchte heute abend um 11 Uhr Boden zu gewinnen und strampelte immer auf und ab, am anderen Tage machte er nach jeder Mahlzeit Fortsetzung davon.

30. Jan. 1916: Jetzt strampelt er recht wild auf und ab und freut sich dabei. Er schläft viel, manchmal von 11 Uhr abends bis am andern Morgen um ½ 11 Uhr, dann wird er gebadet und schläft wieder bis gegen 3 Uhr, dann bekommt er zum 2. Male die Brust. Er wacht nun 1–2 Stunden und schläft wieder bis 7 Uhr, dann trinkt er eine Flasche Milch aus, 1/3 Milch u. 2/3 Wasser, 150 Gramm, liegt bis gegen 9 od. ½ 10 Uhr still vergnügt im Wagen und trinkt sich an der Brust nochmals richtig satt, meistens ist es ½ 11–11 Uhr, bis er fertig ist. Dafür kommt er in der Nacht fast nie. Die Flasche bekommt er seit d. 13. Jan., weil ich so elend war, er nimmt sie bis heute nicht gern. Wenn er lange schläft, trinkt er den Tag vier Mahlzeiten, sonst fünfmal. Er ist recht dick u. er lacht immer.

7. Febr. 1916: Er wiegt 13 Pf. u. 100 Gramm, Zunahme 1 Pf.

8. April 1916: Er wiegt jetzt 15 ¾ Pf., Zunahme 2 Pf. u. 275 Gramm.

22.4.1916. Er hat seit 14 Tagen den 1. Zahn, er schrie manchmal auf im Schlaf und außer d. Wundsein hat er keine Beschwerden gehabt. Jetzt heute hat er den 2. Zahn durch und zwar unten. Seit gestern geb' ich ihm auch am Abend die Flasche, er bekommt also am Morgen die Brust und dann am Tage 4 x die Flasche, seit Mitte März gab ich ihm 2 x Brust und 3 x die Flasche, Mitte Febr. gab ich ihm 2 x Brust, 2 x Flasche und wieder 1 x Brust. Mitte Jan. 2 x

Brust, 1 x Flasche u. 2 x Brust, ich will ihn langsam entwöhnen. Seit 14 Tagen ißt er mit großer Begierde Albertkeks, erst 1 den Tag, jetzt 2– 2 ½ .

Er will sehr gerne essen.

27. April 1916, 2. Ostertag. Er ist ein reizender Bub, ich habe den kleinen Mann zu lieb.

15. Mai 1916. Ich habe ihn langsam entwöhnt, er bekommt jetzt nur die Flasche. Er ißt schon Griessuppe u. Spargel mit. Er hat jetzt vier Zähne.

30. Mai 1916: Daß er nicht so viel zugenommen hat, erklärt sich so: Er bekam seine ersten sechs Zähne nacheinander, dabei hatte er weniger Appetit, Verstopfung u. er hatte es auf der Brust. Als unser kleiner Mann die sechs Zähne hatte (also Ende Mai), wurde er geimpft. Dieses hat ihn ebenfalls etwas angegriffen, er trinkt fast immer nur 3–4 Flaschen, sonst fühlt er sich ganz wohl. Er ist ein liebes Bübchen, freundlich u. er lacht viel. Er fängt auch schon an zu sprechen, Papa sagt er meistens, wenn er in Not ist, ruft er Mam, Mam, meistens wenn er aufstehen will. Er ist auch seit vier Wochen schon an Reinlichkeit gewöhnt, er macht wohl die Windeln noch naß, aber nicht schmutzig. Wenn er ein gewisses Töpfchen sieht, sagt er ah oder bah, und er kann es nicht genug bewundern.

18. Juli 1916: Er sagt seit einer Woche a a, wenn er muß. Gewicht 18 Pf. 100 Gramm, Zunahme 1 Pf. 100 Gramm. Sprechen tut er noch wenig, da da da ist sein Hauptwort. In den letzten Tagen macht er Gehversuche, er schiebt ein Kinderstühlchen vor sich her und läuft nach. Er schläft von abends um 7 Uhr bis zum anderen Morgen 6–7 und mittags von ½ 12 Uhr bis 2 Uhr. Er hatte Anfang Juli, nach Erika, die Wasserpocken, die er gut überstanden hat.

10. Aug. 1916. Gewicht 21 Pf. Er will immer an der Erde sein und laufen.

Wir fuhren heute nach den Großeltern in H. – Auf der Hinreise war er ganz brav. Ich hatte viel Last mit ihm, kaum konnte ich unser Schlafzimmer in Ordnung bringen, setzte ich ihn in den Wagen,

dann stand er auf. Sollte er schlafen, dann stand er auf, er war recht
lästig. Durch sein vieles Laufen hatte er 1 Pf. verloren. Auch die
Rückreise verlief ganz gut, wir fuhren am 5. Sept. nach K.. Acht
Tage nach Vollendung seines ersten Lebensjahres lief er bereits 3–4
große Schritte und an den Möbeln herum und seit dem 4. Okt. läuft
er ganz, er läuft durch alle Zimmer, macht alle Schränke auf und
kriecht hinein u. leckt Zucker, alles dreht er um. Ich bin glücklich,
daß er läuft, aber auch jetzt ist es eine große Mühe. Er ist ein zufrie-
dener Kerl, nur wenn er seinen Willen nicht bekommt, wirft er sich
hin, ob er auch eigensinnig ist?
25. Nov. 1916. Er wiegt jetzt wieder 21 Pf. Er war recht krank bei
den ersten Backenzähnen, hatte arge Verstopfung und tüchtigen
Schnupfen. Drei Nächte hat er fast nicht geschlafen, da lief ihm
dann das rechte Ohr aus. Er muß wohl Ohrenschmerzen gehabt haben. Er war recht herunter und hatte viel abgenommen.
25. Dez. 1916: Gewicht 21 ½ Pf. Die beiden Backenzähne sind
noch nicht richtig durch. Außer Verstopfung spürt er nicht viel davon. Er ist wieder dicker geworden und sieht wohl aus. Er ist ein zu-
friedenes Kerlchen, er versteht alles, spricht noch wenig, Mama sagt
er am meisten, dann Papa; wenn er schmutzige Hände hat, sagt er
bah. Wenn er etwas nicht soll, legt er sich auf die Erde oder hält die
Hand vors Gesicht. Erika vergöttert den Jungen. Wenn er aufs
Töpfchen gesetzt wird, steht er immer wieder auf, wie ich ihm heute
einen Klaps gab, weinte sie. Es ist ihr Junge. Wenn ich sage, er ist
unartig, sagt sie, er ist lieb. Wie ich ihr klar machte, daß das nicht
richtig sei, meinte sie, ich könnte sie hauen, aber nicht den Hans, so
liebt sie diesen Jungen zu sehr. Mit Oswald zankt sie sich viel um
nichts.
22. April 1917. Er ist noch immer ein liebes Kerlchen, sieht gesund
und blühend aus. Ein richtiger Junge ist er, er klettert überall drauf.
Wenn er Hunger hat und es steht irgend etwas auf dem Tisch, dann
steigt er drauf u. holt sich davon. So hatte er jetzt die Hand voll Sau-
erkraut. Auch kalte Kartoffeln ißt er so gern, er hat nicht eher Ruhe,

bis er die Hände voll hat. Wir haben sieben Wochen keine Kart. bekommen und sie waren rar. Die Kriegskinder sind zu bedauern, es
gibt kein Plätzchen, kein Weißbrot mehr, sie müssen essen, was große Leute bekommen. ¾ L. Milch für den Tag u. ½ Pf. Grütze für d.
Woche ist seine Hauptnahrung. – Er hat schon acht Zähne, unten
zwei Backenz., einen Eckz., zwei Schneidez. – Er versteht alles,
spricht auch manches nach, tag, tag, wenn er ausgehen will, heiß b.
Essen, er sagt aber eiß. Nein, nein sagt er, wenn er uns kein Küß-
chen geben will, uppe zu Suppe, Schäfchen nennt er alles, das Wort
sagt er schon seit Weihnachten zu all den Tieren. Wauwau sagt u.
kennt er richtig. – Wir haben rechte Freude über den Kleinen.
16. Nov. 1917. Er ist ein drolliger Junge, aber ein richtiger Junge.
Wenn er geneckt oder gereizt wird, versteht er sich zu wehren, dann
spuckt und beißt er. Er macht sonst nur Freude, ist recht selbständig,
ißt alles, ob Speck oder Käse oder Wurst. (Dieses sind alles Selten-
heiten in dieser Zeit.) Er bekommt ¾ L Milch tägl. und ¼ Pf. Grütze d. Woche. Außerdem 2 Pf. Zwieback f. d. Woche. Sonst muß er
alles essen wie wir. Er ist aber ein dicker Junge mit schönen roten
Backen. Er bekommt seinen letzten Backenzahn, dann hat er aber
nur 18 Zähne, unten hat er nur zwei Schneidezähne bekommen. Er
spricht vieles."

Hier enden die Aufzeichnungen seiner Mutter. Auch die Aufzeichnungen über die Entwicklung des Bruders Oswald enden
mit einer Eintragung am 16. November 1917. Als Grund ist anzunehmen, daß für Anna S. die große Sorge um die Gesundheit
ihres Mannes Johannes begann, der aus Rußland mit einer
schweren Tuberkulose in ein Militärlazarett in der Heimat ver-
legt worden war, wo er dann im März 1918 verstarb.
Seinen jüngsten Sohn hat er nicht mehr zu Gesicht bekommen,
und der kleine Hans hat seinen Vater nie erlebt.

Ein halbes Jahr nach dem Tod ihres Ehemannes gab Anna S. die bisherige Wohnung auf und übersiedelte mit ihren drei Kindern nach L., der Heimatstadt ihres Mannes.

Hans war nun drei Jahre alt. Er war liebevoll umsorgt von seiner Mutter und seinen beiden älteren Geschwistern und ahnte die Sorgen nicht, mit denen Anna S., ganz allein auf sich gestellt, zu kämpfen hatte.

Mit Schulbeginn Ostern 1922 begann für Hans, wie man so sagt, der Ernst des Lebens. Er besuchte die Heiliggeistschule in L., und das Zeugnisheft weist ihn als einen durchschnittlichen Schüler aus. Er war offenbar kein sportlicher Junge, wie die Note Vier in Turnen zeigt. Auch im Singen reichte es nur zu einer Vier, woraus jedoch nicht unbedingt geschlossen werden sollte, daß er nicht vom Vater eine gewisse musische Veranlagung geerbt hatte.

Insgesamt zeigte sich Hans in den ersten vier Schuljahren eher unauffällig. In Betragen hatte er stets ein „Sehr gut". Ein wenig geben allerdings die Schulversäumnisse zu denken. Im ersten Schuljahr fehlte Hans mit Entschuldigung 29 halbe Tage, im zweiten Schuljahr 20 halbe Tage. Im dritten und vierten Schuljahr hielten sich die Schulversäumnisse im üblichen Rahmen. Dafür war in den Zeugnissen vermerkt worden, daß er einige Male zu spät gekommen war.

Im Sommer 1925 verbrachte der fast zehnjährige Hans eine Zeit seiner Ferien in B. bei Verwandten. Der Brief, den er an seine Mutter schrieb, zeigt ihn als unbeschwerten Knaben. Er war, wie Anna S. es schon früher ausdrückte, ein richtiger Junge.

Meine liebe (Mutter) Mama: Ich mag hier gerne sein. Walter K. ist bei seinem Großvater zum Besuch. Ich spiele fast jeden Tag mit ihm. Wenn es regnet, bin ich bei Herrn H. im Laden. Ich bin gerne bei Herrn H.. Er schenkt mir auch oft Bonbons und Schokolade. Hier ist eine große Linde. An der Seite von der Kirche war ein Ausgang, der jetzt zugemauert ist. Georg hat mir erzählt, daß unterirdisch ein Gang früher nach dem Kloster war, jetzt ist dort das Landratsamt. Da ist auch das Amtsgericht. Sonnabend habe ich Georg von der Bahn geholt, er kam von Dauenhof, ich wollte ihn anführen, deshalb ging ich auf der anderen Seite, er sollte mich nicht sehen. Ich wollte ihn überraschen und die Mappe aufmachen. Wie ich aber ankam, wurde ich gesehen. Nachmittags haben wir die Mappe besehen. Dann sind wir spazierengegangen. Am Sonntagmorgen sind Onkel Adolf, Georg und ich im Wildhof gewesen. Da habe ich die Insel gesehen, um die Insel herum befindet sich viel Schilf. Irma hat gesagt, wir wollen mal auf die Insel, vorher wollen wir rudern. Während der Mittagsstunde sind Georg und ich auf den Boden gegangen und haben uns in die „Floh-kiste" gelegt, um dort zu schlafen. Wir haben gar nicht geschlafen, sondern getobt, so daß die Stange verbogen ist. Onkel Adolf schlief, und Tante Anna war auf dem Hof und hörte den Radau. Wie wir wieder herunterkamen, erzählte Tante uns das, wie wir getobt haben. Dann hat uns die Tante Kaffee und schöne Kuchen gegeben. Danach hab ich Georg gequält, wir wollen eine Radtour machen. Gleich danach fuhren wir weg. Ich habe vorne auf der Lenkstange gesessen. Wir kamen zuerst durch den Wildhof nach M.. Da fuhren wir weiter nach E.. In E. waren viele Leute, die dort badeten und im Gras lagen. Ich sah dort viele Fahrräder und Motor-räder. Dann fuhren wir über J. nach N.. In der Kieler Str. haben wir Onkel Walter besucht. Da haben wir Milch mit Keks bekom-men, es hat mir sehr geschmeckt. Da haben wir N. uns angesehen. Onkel Carl, Tante Emma, Elsa, Kurt, Irma, Georg und ich waren in Onkel Carls Garten gegangen und haben Erdbeeren geschmaust.

Um sieben Uhr waren wir alle wieder zu Haus. Um halb neun wa-
ren wir mit Abendbrot fertig. Dann sind wir wieder weggefahren.
Für unterwegs habe ich Keks und Pralinen von Onkel Carl bekom-
men. Um 9 ¾ waren wir wieder in B.. Es war ein feiner Tag, ich
hatte viel Spaß.
Herzliche Grüße und liebe Küsse sendet Dir, liebe Mama, Dein
Hans Eberhard. – Auch Dir, lieber Oswald, herzliche Grüße. –
Heute rudern wir noch zur Insel.

Das Zeugnisheft der Heiliggeistschule enthält auf dem letzten
Zeugnis für die Zeit von Michaelis 1925 bis Ostern 1926 einen
Stempel mit dem Vermerk:

Ergebnis der Aufnahmeprüfung: reif für VI.
L. den 16.3.1926
(Siegel des Johanneums zu L.)

Mit Schulbeginn nach Ostern 1926 hätte Hans also stolzer
Sextaner am Johanneum in L. sein sollen. Doch das Zeugnisheft
des Johanneums enthält sein erstes Zeugnis für die Klasse VIa
erst für die Zeit von Ostern bis Michaelis 1927. Es ist aber auch
nicht ersichtlich, daß er etwa bis Ostern 1927 noch die Heiliggeistschule besucht hätte.
Es scheint, daß Hans entweder lange Zeit krank und so ein
Schulbesuch nicht möglich war oder daß er wegen der sich
schon jetzt zeigenden Entwicklungsschwierigkeiten, von denen
später noch die Rede sein soll, vom Schulbesuch für die Dauer
eines Jahres befreit war.
Von Ostern 1927 bis Ostern 1928 besucht er die Klasse VI des
Johanneums in L.. Die Zeugnisnoten für diese Zeit lassen ihn
eher als unterdurchschnittlichen Schüler erkennen. Während

sein Betragen wie immer mit „Sehrgut" benotet wurde, ließ offensichtlich aber seine Aufmerksamkeit zu wünschen übrig.

Anna S. entschließt sich, ihren Jüngsten, dessen Entwicklung ihr viel Kummer und Sorge bereitete, in eine andere Schule zu geben. Von Ostern bis Herbst 1928 besucht er die Schleswig-Holsteinische Bildungsanstalt in P. als Schüler der Klasse V. Es dürfte sich um ein Internat gehandelt haben. Das Zeugnis, das Hans von dieser Bildungsanstalt für diesen Zeitraum ausgestellt wurde, weist ihn wiederum als einen braven, jedoch unterdurchschnittlichen Schüler aus. Vom Fach Leibesübungen war er befreit. Versäumt hat er in dieser Zeit 90 Stunden. Die Zeichen der bei ihm bestehenden Entwicklungsschwierigkeiten machten sich deutlicher bemerkbar.

Zeugnisse für die Folgezeit sind nicht vorhanden. So kann nicht gesagt werden, wie lange Hans die Schleswig-Holsteinische Bildungsanstalt in P. besucht hat.

Am 13.11.1929 stellt Dr. R. in L. fest:

Ärztliches Zeugnis.
Hans S. leidet an seelischen Störungen infolge Ungleichmäßigkeit der Entwicklung. Ich empfehle, ihn bis auf weiteres vom Schulbesuch zu befreien.

Dr. R.

Gleichwohl schrieb Hans am 23.11.1929 einen interessanten Aufsatz:

Bananen.
Die meisten Menschen wissen gar nicht, wieviel dazu gehört, die Bananen nach Deutschland zu befördern. Sehr viele Bananen kommen aus Amerika. Hier werden sie auf Straßen- und Eisenbahnen in die nächsten Häfen befördert, seltener auf Wagen. Sie werden in mittel-

71

große Schiffe verladen, welche mit Sauerstoffapparaten ausgerüstet sind. Das Verladen geschieht innerhalb von zwölf Stunden. Die Schiffe sind für sie besonders eingerichtet. Die Wände sind mit dicken Korkschichten versehen, darüber kommen Zink und Latten. Um die Bananen zu erhalten, werden die Räume geheizt; zuweilen auch in heißen Ländern durch Windmotore gekühlt. Ein Schiff kann siebenzigtausend Büschel aufnehmen. Alle sind noch völlig grün. Sie wachsen auf sieben bis zehn Meter hohen Stauden. Die Bananen atmen Kohlendioxyd aus. Ein Betreten der Räume ist daher unmöglich. Durch Fernthermometer wird die Wärme gemessen. Diese Dampfer haben die Geschwindigkeit eines großen Personendampfers.

Die Schwierigkeiten mit Hans nahmen zu. Man kann sich vorstellen, wie verzweifelt Anna S. bemüht war, ihrem jüngsten Sohn zu helfen. Die Andeutungen, die sie in ihrer Funktion als Vorsitzende der Kriegshinterbliebenen-Gruppe in L. in ihrem Rechenschaftsbericht vom 23.9.1930 machte, geben Zeugnis davon. Erinnern wir uns nochmals an ihre Worte:

„... Während ich verstehen konnte, daß manche Kinder sich in Kleidung vollständig gehen lassen (wie mein Ältester zur Zeit), sind andere Kinder eitel und denken nur an Putz, um zu gefallen. (Die Käthe R. und mein Jüngster). Viel Worte werden von der Entwicklung im Munde geführt und wenig gehandelt. Wenn die Menschen doch nur Geduld mit solchen Kindern hätten, die ja krank sind und nicht können. Wie ein Schleier über ihr Denken haftet ihnen diese Umwälzung im Körper, sie denken bestimmt nicht immer klar, sind schwindelig, haben großen Blutandrang nach dem Kopfe und manchmal wird es ihnen schwarz vor den Augen (meinem Jüngsten). Irgendeine große Leidenschaft beherrscht sie, sei es Chemie, Sport, Rennen mitmachen, das Wetten auf bestimmte Dinge, Musik, Autofahren. (Die Käthe R. heiratet nur einen Mann mit einem Auto). Aber auch Fälle, wo die Knaben sich das Leben nehmen wollen *aus Schwermut, sah ich, weil ich mit ihnen sprach, um die Gründe zu erfassen. – Die Zeit geht nicht so schnell vorüber, Jahre werden dazu gebraucht. – Die Lehrer bringen diesen schwer Leidenden wenig Verständnis entgegen. Es ist geradezu ein Jammer, daß nicht jeder Lehrer ein Kind hat, das sich so schwer durchringen muß. Dann stände es besser für die Allgemeinheit. –*

Was bezwecke ich nun mit dem Auszug aus meinen Erlebnissen: einmal das, doch solchen Kindern ein besonderes Maß von Geduld und Nachsicht zu bewahren, auch wenn sie etwas tun, was nicht richtig ist. Dann empfinde ich es als einen Mangel, wenn es in der Provinz H. nicht ein Heim gibt, wo solche Kinder hingebracht werden können. Warum gibt es nur solche Heime für Kinder von Eltern, die die Mittel haben und 200 M dafür ausgeben können? Ich kenne drei Heime: Cruegers Erziehungsheim, Dr. Iselmann, Nordhausen, Frau Dr. Geheb, Nordeck bei Gießen. Hier finden solche Kinder Aufnahme, die an seelischen Störungen leiden. (Die Prospekte habe ich Dr. W. gegeben). Die Prospekte habe ich mit dem Oberarzt der hiesigen Nervenheilstätte besprochen, Cruegers Erziehungsheim findet er besonders gut. Auch das Urteil eines anderen Direktors einer Nervenheilstätte kenne ich und mit unseren Ärzten habe ich über solche Kinder gesprochen. (Nur aus einem gewissen Wissensdrang heraus, die Kinder zu verstehen und zu helfen). Ich staune aber gleichzeitig über eine große Unkenntnis bei Ärzten. Ich selbst stehe noch mitten in meiner Arbeit drin; wenn ich mehr Mittel zur Verfügung hätte für die eigene Person, würde ich längst um eine Rücksprache mit einem Nervenarzt gebeten haben, der ein Jugendamt leitet oder dafür tätig ist. So setzte ich meine Arbeit langsam fort, wenn mich die Gelegenheit in die Nähe bringt.

Am Schlusse meiner Ausführungen sage ich: Warum sollen Kinder, die vorzeitig entwickelt sind oder eine bestimmte Veranlagung durch Vererbung haben, durch andere Menschen für diese Veranlagung leiden? Leiden sie selbst durch diese Veranlagung nicht genug? Es ist

73

ihnen keine Schuld beizumessen, denn ihr Handeln wird bestimmt durch die sexuelle Angelegenheit."

Voraufgegangen war ein erneuter Schulversuch mit Hans Eberhard. Schulgeldquittungen der Schulgemeinde auf Gut Marienau für Januar und Februar 1930 belegen, wie sehr die Sorgen um Hans Anna S., die nur über äußerst geringe Einkünfte verfügte, auch finanziell belasteten. Das Schulgeld auf Gut Marienau betrug 100 Reichsmark monatlich zuzüglich sonstiger Kosten, wie z.B. Arztkosten. Doch auch dieser Schulversuch scheiterte nach einem halben Jahr.

Schulgemeinde auf Gut Marienau, D., 01.05.30
Bescheinigung.

Wir bescheinigen hiermit, daß Hans Eberhard S. von Anfang Januar bis Ende Februar 1930 unsere Untertertia besucht hat. Er verläßt die Schule, weil er krank wurde. Schulgemeinde auf Gut Marienau. Dr. B., Schulleiter.

Kurz darauf wurde Hans Schüler der Höheren Privatschule, Realgymnasium und Oberrealschule in S.. Auch dies war nur eine kurze Episode.

S., 21.12.30.
Bescheinigung.

Hans Eberhard S. mußte krankheitshalber am 5. Nov. Schule und Schülerheim verlassen. Seinem Wiedereintritt steht nach seiner Genesung nichts im Wege. Prof. Dr. Cordes. Höhere Privatschule, Realgymnasium u. Oberrealschule S.

Eine Fotografie zeigt Hans als 15jährigen Knaben. Etwas unbeholfen steht er da und präsentiert sich in modisch karierten Knickerbockers und weißem Hemd. Gestalt und Gesichtsausdruck lassen ihn als einen nicht sportlichen, sehr sensiblen Jungen erscheinen.

Über die Zeit zwischen Dezember 1930 und März 1933 gibt es keine Dokumente, die Aufschluß über Hans geben könnten. So ist nicht ersichtlich, ob er noch weiterhin eine Schule besucht, oder schon versuchsweise mit einer beruflichen Ausbildung begonnen hat.
Anna S. entschließt sich, Hans nochmals zu einem Spezialisten zu schicken.

16.07.33, H.

Hans Eberhard S., L., Bastionstr. 6, ist am 16.7.33 in meiner Sprechstunde gewesen und ich habe mich ausführlich mit ihm unterhalten. Er ist ein nicht einfacher Charakter, der jetzt in den Entwicklungsjahren an ungewöhnlich schweren Krisenzuständen leidet und dadurch manche Schwierigkeiten macht. Diese sind also nicht auf oberflächliche Launen oder anspruchsvolles Wesen im Grunde zurückzuführen, sondern auf die sehr ungeklärte Gesamtverfassung des jungen Mannes. Es besteht sichere Aussicht, daß er sich in den nächsten Jahren aus diesen Krisenhaftigkeiten ganz herausarbeiten wird.

Dr. F.

Am 20.11.1933 tritt Hans als Arbeitsmann in den Freiwilligen Arbeitsdienst ein. Im Arbeitsdienst-Paß ist als angegebener Beruf „Tischler" vermerkt. Es mag sein, daß Hans inzwischen eine solche Lehre angetreten hatte. Einen Abschluß der Lehre hat er jedoch sicher nicht geschafft.

Anna S. finanziert ihrem Jüngsten, der inzwischen 18 Jahre alt ist, eine Auto-Fahrausbildung.

27.01.34
Quittung der Gewerblichen Privatfahrschule

Stratmann, L., über 55,- RM von Frau Anna S. für Rest für Fahr-
ausbildung Hans Eberhard S. erhalten zu haben.

Am 31.5.1934 wird Hans wegen Beendigung der Dienstzeit aus dem Arbeitsdienst als Arbeitsmann entlassen. Führung: sehr-gut.

Mit Datum vom 10.11.1934 erhält Hans Eberhard einen Reise-paß ausgestellt. Als Beruf ist darin angegeben: Kaufmann. Das mag ein Wunsch des jungen Mannes gewesen sein, aber eine Ausbildung für diesen Beruf dürfte er nicht besessen haben. Der Paß, gültig für das „gesamte In- und Ausland" hatte eine Gel-tungsdauer bis zum 9.11.1939. Er enthält keine Stempel oder Reisevermerke. Die Paßbilder, die er zu diesem Zweck hatte anfertigen lassen, zeigen einen äußerst gepflegt wirkenden und gut aussehenden jungen Mann in dunklem Anzug, weißem Hemd und gut sitzender Krawatte, streng gescheiteltem und glatt frisiertem schwarzen Haar. Freundlich blickende dunkle Augen und ein sinnlicher Mund geben ihm einen sympathi-schen Gesichtsausdruck.

12.06.35 L.

Der 19jährige Hans Eberhard Sehlmeyer, hier, leidet seit Beginn der
Pubertät an zeitweise auftretenden seelischen Störungen (Psychopa-
thie), die ihn dann zu einer regelmäßigen Arbeit unfähig machen. S.

befindet sich seit einigen Monaten wieder in solchem Zustand, so daß er für Arbeit oder Ausbildung nicht brauchbar ist. Er ist z.Zt. 75 % arbeitsunfähig. Dr. med. Christian P., prakt. Arzt, L.

Am 01.03.1936 wird Hans Eberhard Mitglied in der „Deutschen Arbeitsfront". Es ist anzunehmen, daß dies aus einer eigenen Entscheidung heraus geschah. (Die Mitgliedschaft wird im Mitgliedsbuch bis 13.3. 1939 bescheinigt.)
In seinem Arbeitsdienst-Paß ist vermerkt, daß Hans seit dem 26.8.1935 in H. wohnhaft ist. Da auch Anna S. 1935 nach H. übersiedelte, ist davon auszugehen, daß Hans noch bei seiner Mutter wohnte und gemeinsam mit ihr übersiedelte. Zwar ist in seinem Arbeitsdienst-Paß ab 10.10.1935 ein Wohnungswechsel nach R. angegeben. Dies mag als Versuch einer Verselbständigung zu werten sein. R. war jedoch offenbar nur eine kurze Zwischenstation, denn gemeinsam mit seiner Mutter wechselte er 1936 den Wohnsitz nach N.

18.12.36 N.

Ärztliche Bescheinigung.

Hiermit bescheinige ich, daß Herr Hans Eberhard S. Ende Sept. bis Mitte Oktober 1936 wegen nervösen Erschöpfungszuständen bei mir in Behandlung war. Dr. med. Karl H., prakt. Arzt.

23.06.37 N.

Baugeschäft Alfred Sch., Architekturbüro, Sägewerk, Holz- u. Baumaterialien-Handlung, Ausführung von Maurer-, Zimmer- u. Tischlerarbeiten.
Bescheinigung.

Herr Hans Eberhard S., geboren am 4. September 1915 zu O., war bei uns vom 10. September 1936 bis 5. Oktober 1936 beschäftigt. Seine Arbeit bestand im Zersägen von Baumstämmen. Am 22. September 1936 erkrankte Herr S., wie aus vorgelegtem Attest des Arztes hervorgeht, an nervösen Erschöpfungszuständen, die es ihm unmöglich machten, seine Arbeit fortzusetzen. Herr S. war ein gefälliger und guter Arbeitskollege. Er schied wegen Krankheit aus der Firma aus.
(Unterschrift)

Mit Ausnahme dieser nachträglich ausgestellten Bescheinigung fehlt aus der Zeit von Anfang 1937 bis Anfang 1939 jeder Hinweis über das Ergehen von Hans.
Der letzte Vermerk in seinem Mitgliedsbuch der „Deutschen Arbeitsfront" stammt vom 13.03.1939. Das letzte von ihm vorhandene Foto zeigt ihn in Wehrmachtsuniform. Anna S. hat auf der Rückseite einer Ansichtskarte notiert:

Schütze Hans E. S. 14. (Pz.-Abw.) Kompanie, Infanterie-Regiment 48, Neustrelitz.

Hiernach wartet Anna S. lange vergeblich auf eine Nachricht von ihrem jüngsten Sohn. Dann kam plötzlich ein Brief von ihm aus Belgien, der sie sehr erschüttert haben dürfte.

(ohne Datum)
Liebe Mama, Du wirst sicher schon lange auf ein Lebenszeichen von mir gewartet haben, aber aus bestimmten Gründen konnte ich nicht früher schreiben. Heute geht es mir ganz gut und sehe ich auch klarer, wie ich mein Leben gestalten muß. Mein jahrelanger Wunsch war Dir bekannt und ist nun in Erfüllung gegangen. Du wirst das nicht verstehen können, aber mein Wohlergehen geht mir über alles,

in erster Linie kommt meine Gesundheit. Ich hatte keine Lust, das ganze Leben lang mit einem Klotz am Bein (meine Vergangenheit) herumzulaufen. Die Welt ist groß genug und Brot wird überall gebacken. Es kann sein, daß ich in diesem Jahre noch weiterfahre, wohin weiß ich noch nicht. Ich habe nun wenigstens die Möglichkeit, mir mein Leben so zu gestalten, wie ich es für richtig halte und liegt es an mir, was aus mir wird, und ob ich in die Welt passe oder nicht. Ich mache mir keine Illusionen und weiß, daß das Leben für mich schwerer wird, aber das Wörtchen „muß" steht hinter mir. Die Vergangenheit ist für mich restlos abgetan und heute gilt für mich nur eins: „Help yourself". Ich werde hier nur an mich denken können und kein Centimes wird vergeudet.

Nun möchte ich gerne etwas von der Familie hören. Wie geht es Dir und was treibst Du so? Hoffentlich gut. Was macht Oswald und Erika? Geht es Erika gut und ist es nun ein Junge oder Mädchen? Euch mag es vorgekommen sein, daß ich die Familie ganz und gar vergessen habe, aber dem ist nicht so. Man denkt manchmal an das Zuhause zurück und auch an die guten und schönen Stunden, die wir zusammen verlebt haben. Es wird alles wieder kommen, und arbeite ich hier zäh um meine Existenz. Für mich ist es so vielleicht besser, und ich will hoffen, daß ich hier gute Menschen finde, die mir meinen Lebensweg erleichtern. Ich bin frei, vollkommen frei, was auch ein herrliches Gefühl ist. – Wenn Du mir vielleicht einen Gefallen tun kannst, dann schicke mir bitte Wäsche und Kleidung, die hier sehr teuer ist. Ob es aber noch möglich ist, ein Paket nach hier zu schicken, weiß ich nicht, da ich die dortigen Verhältnisse nicht kenne. Es müssen aber alles getragene Sachen sein, da sonst ein zu hoher Zoll bezahlt werden muß. Sieh bitte einmal zu, was Du für mich tun kannst. Es ist schade, daß ich niemand im Auslande kenne, an den ich mich wenden kann, es wäre für mich dann vieles einfacher.

Wenn Du mir schreibst, schreibe rein familiär und nichts über irgendwelche Vorgänge in Deutschland, da dadurch vielleicht Schwie-

rigkeiten entstehen könnten. Nicht wahr? Die Politik ist ein undankbares Gebiet und aus diesem Grunde halte ich mich hier vollkommen neutral. Es ist dies immer das Beste gewesen und halte ich mich danach. Für heute möchte ich nun schließen, da ich recht müde bin. Ich war heute viel unterwegs und A. ist groß.
Recht herzliche Grüße und Wünsche für Dein Wohlergehen
  Dein E.H.

N.B. Richte bitte auch Grüße an Erika und Oswald aus.
N.B. Meinen Geburtstag habe ich recht gut bei einer Flasche Wein verlebt in Gesellschaft. Schicke bitte auch einige Fotos von Euch.

Der Brief enthält kein Datum. Anhand des Nachsatzes kann jedoch gesagt werden, daß der Brief nach seinem Geburtstag, dem 4.09.1939, geschrieben worden ist.
Aus der Tatsache, daß das letzte Foto von ihm ihn in Wehrmachtsuniform zeigt, er sich aber andererseits jetzt im neutralen Ausland befindet, ist nun klar erkennbar, daß Hans Eberhard desertiert ist.
Hans Eberhard dürfte bewußt gewesen sein, in welcher Gefahr er sich in dieser Situation befand. Deserteure, wenn sie sich noch dazu ins nicht verbündete Ausland begeben, drohte, falls man ihrer habhaft würde, die Todesstrafe.[1]
Dies ist also der Makel, der ihm anhaftet, denn die Mehrzahl der Menschen seiner Generation hat einen solchen Schritt auch nach Ende des Krieges zumindest für unehrenhaft gehalten.
Auf welche Weise und auf welchem Weg Hans Eberhard die Grenze nach Belgien überschritten hat, kann nicht nachvollzogen werden.

---

[1] Fr. W. Seidler: Fahnenflucht – Der Soldat zwischen Eid und Gewissen, 1993

Belgien war zu dieser Zeit neutral, und viele Menschen aus Deutschland, jüdischer und nichtjüdischer Abkunft, suchten Zuflucht. Belgien hat außerordentliche Anstrengungen unternommen, um den vielen Flüchtlingen zu helfen und wurde hierbei von verschiedenen Organisationen unterstützt. Während es in Brüssel bereits Gemeinschaftsunterkünfte für die Vielzahl der Flüchtlinge gab, existierten solche in Antwerpen nicht. Hier waren die Flüchtlinge darauf angewiesen, über die Hilfsorganisationen Privatadressen zu bekommen, wo sie einzeln Aufnahme finden konnten.[2]

11.10.39
Antwerpen, Vleeschhouwerstr.22.

Liebe M.,
recht vielen Dank für Deine liebe Karte, die ich heute abend erhielt. Wie ich sehe, geht es Dir ganz gut und haben die Bestrahlungen gut getan. Es wurde aber auch höchste Zeit, daß Deine Füße in Ordnung kamen. Die Adresse von den Verw. von Possel habe ich hier. Wegen Dr. Behrens werde ich mich hier mal erkundigen. Mein Freund Peter bittet Dich, seinen Koffer an die Holland-Amerika Linie, Antwerpen, Meir24 zu schicken. Da das Schiff aber nächste Woche schon fährt, bittet er Dich, keine Zeit zu versäumen und den Koffer per Expreß als Nachsendegut nach hier zu schicken. Er wartet schon sehr darauf, da es hier schon kalt ist und ihm der Mantel fehlt. Wer konnte auch ahnen, daß das Schiff so lange ausbleibt. –
Mir geht es ganz gut und mache ich mir keine unnützen Sorgen. Nach reiflicher Überlegung werde ich den kath. Glauben annehmen, was ich schon einmal vorhatte. Ich habe sehr viel Langeweile, aber daran gewöhnt man sich eben. Für heute muß ich nun schließen, da es schon sehr spät ist. Herzliche Grüße, Dein H.-E.

---

[2] Betty Garfinkels: Belgique, terre dàcceuil. Problème du réfugié 1933–1940.

Wer der im Brief erwähnte Dr. Behrens ist, ist nicht bekannt. Der angegebene Freund Peter, der beabsichtigte, nach Übersee zu emigrieren, scheint jedoch mehr als nur ein zufälliger Bekannter zu sein.

Möglicherweise kennt ihn Hans Eberhard schon länger und hat eventuell sogar gemeinsam mit ihm die Flucht nach Belgien unternommen.

Ob Hans tatsächlich seine Absicht verwirklicht hat und zum katholischen Glauben übergetreten ist, ist nicht bekannt.

Daß er sehr viel Langeweile hat, wie er schreibt, hängt damit zusammen, daß er als Flüchtling keiner Arbeit nachgehen durfte. Es wird sich so verhalten haben, daß er als Flüchtling registriert war und über eine der Flüchtlingshilfsorganisationen einen geringen Betrag zum Lebensunterhalt erhielt.[3]

Albert P. Emiele Eyckerman, Algemeen secretaris van de Katholieke Jongeren Vredes-Actie

16.10.39
Freund, Wollen Sie bitte, morgen, Dienstagabend, zu mir kommen, um etwa 19 U., anstatt heute, weil ich heute abend mich entfernen muß? Ich hoffe, daß Sie von den beigehenden Sachen – die ein Freund gegeben hat – ein gutes Gebrauch machen können. Mit bestem Grusz

A. Eyckerman.

Die wenigen Dokumente, die aus Hans Eberhards Besitz in Antwerpen erhalten sind, so auch die Postkarten, die seine Mutter an ihn richtete, stammen aus seiner Hinterlassenschaft, die später in einem Koffer an seine Mutter gelangte.

---

[3] Betty Garfinkels: Belgique, terre dàcceuil. Problème du réfugié 1933–1940.

Von Herrn Eykermann ist mehrmals die Rede. Er hat sich offenbar sehr intensiv für Hans eingesetzt.

03.11.39 Antwerpen.

Liebe M., recht vielen Dank für Deine lieben Zeilen. Ich erhielt von Hbg. drei Postkarten mit Antwortkarten mit dem Abgangsstempel vom 17., 20. u. 30.11.. Von Peter kann ich Dir sagen, daß seine Sachen an den Herrn A. E. Eyckerman, St. Jorispoort 8, Antwerpen, als Empfänger gehen. Auch ging am gleichen Tage mit mir eine Karte an Dich ab. – Wie ich höre, geht es mit dem Umzug voran und wünsche ich Dir ein gemütliches Heim. Hoffentlich bist Du bald mit Deinem Knie in Ordnung und kannst ohne Beschwerden laufen. Was macht Frl. Hß.? Hast Du sie einmal besucht? Mir geht es hier ganz gut und ich habe augenblicklich keine Sorgen. Für heute muß ich nun schließen, da ich noch einen Besuch machen muß und ich erwartet werde. Herzliche Grüße und Wünsche für Dein Wohlergehen. Dein H.-E.

Die Postkarten, die er von seiner Mutter erhalten hat, hat er numeriert und sowohl die Ankunft mit Datum und Uhrzeit als auch das Datum mit Uhrzeit, wann er sie beantwortet hat, auf ihnen vermerkt.

(Nr.5 – Ankunft 7.XI.39 um 15.00 Uhr,
Antw.: 14.XI.39 um 13.00 Uhr)
3.11.39 H.

„Lieber Hans Eberhard, seit dem 2. Nov. bin ich in H., und ich habe mir ein nettes Zimmer bei Frau B. gemietet. Wenn Du mir schreibst, schreibe Frau Anna S., postlagernd H., Hauptpost. Diese liegt meiner Wohnung jetzt näher. Augenblicklich bin ich noch bei Erich K. bis Montag, den 5. Nov.. Dieser ist eingezogen, er kommt aber jeden

Abend nach Hause. Seine Frau ist sehr lieb zu mir. Sie haben zwei Kinder. – Ich suche mir jetzt eine Wohnung in H., überstürzen will ich nichts, sondern suchen, bis ich eine ähnliche wie damals in H. gefunden habe. Es ist heute bedeutend schwerer wie damals. In Berlin war ich vier Wochen. Ich bin gern in Berlin, aber die Frau, bei der ich wohnte, war nicht besonders nett. Hat Peter die Sachen bekommen und wann ist er abgereist? Ich hoffe, ich höre bald von Dir. Herzl. Grüße d. M. – Die engl. Bücher kann ich erst schicken, wenn ich meine Möbel in H. habe. Etwas wird es noch dauern.

27.11.39 Antwerpen.

Mme. A.S., Hauptpostlagernd, H., Deutschland. Sehr geehrte gnädige Frau!
Entschuldigen Sie bitte, daß ich so lange nichts von mir hören ließ. Leider ist es mir nicht mehr möglich, Sie noch einmal aufzusuchen, und möchte ich Sie deshalb höflichst bitten, mir meine restlichen Sachen nachzusenden. Da ich nicht dauernd in Antwerpen bin, seien Sie bitte so liebenswürdig, die Sachen zu senden an Mr. Emiele Eyckerman, 8 St. Jorispoort 8, Antwerpen. Für Ihre freundlichen Bemühungen herzlichen Dank. Peter B. ...

27.11.39 Antwerpen.

Liebe M., recht vielen Dank für Deine Karte vom 20.11.. Wie ich aus Deiner Karte ersehe, machst Du Dir zuviel Sorgen um mich, was unnötig ist. Die Hauptsache ist, daß ich meine gesunden Glieder habe und es mir nicht so geht wie so vielen Krüppeln hier, für die das Leben doch keinen Zweck hat. Es freut mich, daß Oswald und Horst so gut vorwärts kommen, was ich auch nicht anders erwartet hätte. Horst ist Pg. und ist es seine Pflicht, sich für seine Überzeugung voll und ganz einzusetzen. Es ist also kein Grund zur Traurig-

keit, wenn man sieht, wie die beiden vorwärts streben nach einem höheren Ziel, was jeder Mensch tut, wenn er Ehrgeiz besitzt. Denke immer daran, daß Sorgen oder Kummer immer schädlich auf die Gesundheit wirken und daß die Gesundheit das höchste Gut ist, was man besitzt und geht sie verloren, so trauert man wieder dem Verlorenen nach. Soweit darf es nicht kommen, weil es gar keinen Sinn überhaupt hat. Gehe jede Woche einmal ins Theater oder sehe Dir einen schönen Film an. Das bringt Abwechslung ins Leben. H. ist doch eine so schöne Stadt, hat soviel Museen und sonstige Sehenswürdigkeiten, daß jeder Tag etwas Neues bringen kann. Richte Dir Deine neue Wohnung schön ein und mache es Dir gemütlich und kümmere Dich um nichts, was Dich belastet. Du hast genug getan für die Familie, wie auch für andere Menschen und man soll sich auch einmal Ruhe gönnen, die man sich verdient hat, nicht wahr? Dasselbe wie ich denkt auch Peter, der Dir auch noch dieser Tage schreiben wird, bevor er auf Besuch nach Brüssel fährt. Seine Sachen läßt er sich dann an einen hiesigen Kaufmann, Herrn Emiele Eyckerman, Sint Jorispoort 8, Antwerpen, schicken. – Er steht in gutem Verhältnis mit diesem Herrn, an den er alles schicken läßt, weil er oft fort von hier ist und der Herr Eyckerman für ihn empfängt. – Von mir aus möchte ich Dir noch etwas sagen oder Dich bitten. Erika hatte am 24.11. Geburtstag, richte ihr meinen Glückwunsch aus und sage, daß ich ihr für das neue Lebensjahr alles Gute wünsche. Ich hatte mir den Tag schon lange Zeit vorher gemerkt, aber leider inzwischen wieder vergessen, bis es mir heute beim Schreiben erst wieder einfiel. Hoffentlich nimmt sie es mir nicht so übel, aber im nächsten Jahr werde ich aufmerksamer sein, nicht wahr? Also diesmal nachträglich, es geht auch einmal. Ich glaube, daß sie gut versorgt ist und sich nicht soviel Sorgen macht. Horst ist Beamter in guter Position und das heißt viel. Für heute will ich nun aber schließen. – Herzliche Grüße und Wünsche für Dein Wohlergehen, Dein H.-E.

N.B. Ich war heute abend in einem sehr schönen Kulturfilm gewesen, der sehr lehrreich war. Schade war nur, daß ich nicht so gut folgen konnte, weil ich die Sprache noch nicht ganz beherrsche. H.-E.

(Nr.11 – Ankunft 13.XII.39,
Antw.: 13.XII.39 um 13.00 Uhr)
11.12.39, H.

*Lieber Hans E., also hast Du drei Karten mit Rückantwort erhalten. Ich sandte soeben am 11. Dez. 12 Uhr vorm. eine Warenprobe an Dich ab. Diese ist neu, doch habe ich sie versucht. An Deine Adresse. Ich sende diese Tage noch etwas ab. Beides ist zu Weihnachten gedacht. Es soll Dir Freude bereiten. – Der Umzug von Baruth soll voraussichtlich am Mittwoch, dem 13. Dez., sein u. am 12. verladen werden. Ich hatte große Schwierigkeiten mit dem Umzug, deshalb so spät. Wir haben es sehr ungemütlich, bis alles geordnet ist. Der Umzug kostet 334 RM, daher nicht viel Geld vorhanden. Aber alles geht vorüber. Meine Wohnung gefällt mir sehr. Ich freue mich auch, in H. zu sein, hier gibt es viel Schönes zu sehen. – Es beruhigt mich, daß Du augenblicklich keine Sorgen hast. - **Schreibe nirgends hin!** Sonntag war die Taufe von Klein-Hinrich. Wir waren nicht da. Osw. ist Pate und noch Herr H.. Die Karte von dem Herrn ist angekommen, ich sende ihm seine Sachen, doch etwas später. Herzl. Grüße d. Mutter."*

Hans Eberhard hat auf die Karte in seiner Handschrift geschrieben: „Vita nostra brevis est, brevis finietur."

14.12.39 Antwerpen, 12.00.

Liebe M., recht vielen Dank für Deine liebe Karte, die ich Mittwoch früh erhielt. Wie ich annehme, hast Du bereits Deine Möbel von Ba-

ruth in H.. Ist vielleicht auch der Mantel von der Frau dabei mitge-
kommen? So ein großer Umzug bringt immer viel Unannehmlich-
keiten mit sich, aber wenn Du Dich einmal erst eingerichtet hast,
wirst Du Dich sicherlich in Deinem neuen Heim recht wohl fühlen.
Heute erhielt ich von der Ackermanstraat eine Warenprobe, über die
ich mich sehr gefreut habe, da ich es gut gebrauchen konnte. Was ich
noch sagen wollte ist, daß alle meine Sachen durch die Kontrolle ge-
hen. Vielleicht ist es mir möglich, hier Arbeit zu bekommen, aber be-
stimmt ist es noch nicht. Wollen wir hoffen, daß es klappt, nicht
wahr? Ich möchte Dich bitten, mir die erbetenen Adressen zu schik-
ken, die ich haben muß. Denke auch an das englische Lehrbuch und
die Bilder. Wie ich sehe, gefällt Dir H. noch genauso gut wie früher.
Eine Großstadt bringt ja soviel Abwechslung. Stelle Dir doch einmal
vor, noch einen Winter in Baruth mitzumachen, dann weiß man die
Annehmlichkeiten einer großen Stadt erst zu schätzen. – Also der
Klein-Hinrich hat die Taufe nun hinter sich und O. war Pate. Na,
da muß er sich ja wohl als Patenonkel fühlen, was? Noch eine Frage.
Wieviel Geld war es, was Oswald an meiner statt an Dich zahlen
sollte bis Januar-Ende? Ich bin ja dazu augenblicklich nicht in der
Lage, Dir die ca. fünfhundert zu geben, denn wenn ich es könnte,
wäre es mir lieber. Der Umzug mit seinen Ausgaben für den Spedi-
teur war ja auch nicht aus dem Ärmel zu schütteln, aber es war un-
bedingt notwendig. Für heute will ich aber schließen. Herzliche
Grüße und Wünsche für Dich von Deinem H.-E.

Alle Karten, die Hans an seine Mutter richtete, tragen den
Stempel des Oberkommandos der Wehrmacht als Zeichen, daß
sie in Deutschland durch die Kontrolle gegangen sind.

01.01.40 London.
From the Hon. Foreign Secretary of „Pax",
17 Red Lion Passage, Holborn, London, W.C.1

Geachte Heer S. – ik heb deze morgen uw brief ontvangen en heb direct de „Germany Emergency Committie" van de Quakers opgebeld. Dezen zeggen dat het wegens de oorlog onmogelijk is geld uit het land te sturen, en ook om verdure vreemdelingen binnen te laten. U moet u dus wenden tot het Algemeene Steun-Commité voor Dienstweigeraars, vorzitter Hubert Peeters, Molenstraat 1, Puurs. Hij spreekt vloeiend Deutsch en is een buitengewoone vriendelijke man. Ik zal hem met een even een briefje schrijven. U kunt u ook begeven bij Emiel Eyckerman, van de Katholishe Jongere Vredes Actie, de ... Organizatie van Pax, die kan u misschien helpen.
Het spijt mij dat ik u zoo weinig hulp kan verlenen. P. Ouwerkerk.

(Ungefähre Übersetzung)
(Geehrtere Herr S. – Ich habe heute morgen Ihren Brief erhalten und habe direkt das „German Emergency Commité" der Quäker angerufen. Diese sagen, daß es wegen des Krieges unmöglich ist, Geld aus dem Land zu senden und auch um Sendungen für Fremde hereinzulassen.
Sie müssen sich deswegen an das Allgemeine Steun-Commité für Dienstverweigerer wenden, Vorsitzender Hubert Peeters, Molenstraat 1, Puurs. Er spricht fließend Deutsch und ist ein umgänglicher freundlicher Mann. Ich werde ihm gleichzeitig eben einen kurzen Brief schreiben. Sie können sich auch zu Emiel Eyckermann von der Katholischen jungen Friedensaktion, die ... Organisation von Pax, begeben. Der kann Ihnen in Ihrer Angelegenheit helfen.
Es tut mir leid, daß ich Ihnen so wenig Hilfe zukommen lassen kann. P. Ouwerkerk.)

(Nr.17 - Ank. 11.1.40 = 9.00,
Antw.: 11.1.40 = 21.00, 12.1.40 = 7 1/2)
09.01.40, H.

Mein lieber Hans Eberhard, ich sandte soeben ab: den Schlüssel im Brief, ferner: 1 schönen Mantel, 6 Taschentücher, 2 Oberhemden (Sport), 1 Unterhemd, 1 Sportanzug, die Hausschuhe, zum Andenken an Papa sein Reiseetui, Stiefelanzieher 2 Stück, 1 Turnhose, roter Woll-Badeanzug, 1 blaue Schürze, Knöpfe, engl. Bücher 3 Stück. Mantel von Mansolf war nicht zu bekommen, habe nicht geschrieben. Dieser ist reine Wolle, dieser Mantel kann gewendet werden später u. ist nochmals neu. Neue Sachen gibt es nur auf Bezugschein, und für den neuen muß man den alten Mantel abgeben. Das ginge also nicht. Ich konnte gar nicht zum Abschicken kommen, du hast mir beim Umzug gefehlt, ich mußte alles selbst machen und ganz fertig bin ich noch nicht. Meine Wohnung gefällt mir ganz gut. Ich bin auch gern in H., weil es interessant hier ist. Augenblicklich ist es grimmig kalt hier. Wir müssen schon immer ½ 6 Uhr aufstehen. Ich sehne mich nach Post von Dir, jetzt gleich will ich hingehen, um nachzufragen. Weihnachten und Neujahr haben wir still verlebt. Wir hatten einen schönen Baum. Wie hast Du das Fest verlebt? Schreib bald, auch gleich, wenn die Sachen angekommen sind. Herzlichst Mama. – Bilder liegen auch da drin. Ich schickte an (1 Wort geschwärzt) heute."

(Nr.18 - Ank. = 22.1.40 = 15.00,
Antw.: 26.1.40, 15.00)
19.01.40, Dübin-Mulde, Eisen-Moorbad.

Lieber Hans-E., heute erhielt ich die Karte nachgesandt, worauf Du die Ankunft des Schlüssels mitteilst. Ich bin vier Wochen zur Kur hier und nehme Moorbäder. Es ist hier sehr gut. Dübin liegt in Sachsen. Meine Schmerzen waren unerträglich. – Du schreibst wei-

ter an H.. Heute schrieb ich an Kurt N. per Flugpost, kostet 1,75
RM von hier. Besser ist, daß Du auch schreibst, wegen Deiner
Adresse. Gruß Mama.
Die Bilder sollte doch Neitzel in Neub. machen.

20.01.40 (Nr.16) Zollerklärung über ein Koffer:

Bagages de voyageur Effets usagés (Reisegepäck. Gebrauchte Sachen.) für S. bei Eyckerman, St. Joris-poort 8.

09.02.40 Antwerpen.

Liebe M., ich will Dir heute noch schnell einmal schreiben, da sich
meine Lage demnächst ändern wird. Mir geht es gesundheitlich sehr
gut, was ja doch die Hauptsache ist. Hier in Belgien würde mit der
Zeit meine Lage als Ausländer schwierig werden. Es ist ein Zustand,
der aber allgemein so beschaut wird. Das Land kann die enormen
Lasten für die Unterhaltung der Fremden nicht tragen. Ich habe
meine Schlüsse gezogen und gehe in das Rote Kreuz nach dem Land
der sieben Meere, um zu helfen, wo zu helfen ist. Vom menschlichen
Standpunkt betrachte ich es als meine Pflicht, an der mich nichts zu-
rückhalten wird. Wenn Du Dir auch vielleicht Sorgen machst, über-
lege Dir nun folgendes. Stelle Dir vor, ich wäre an der Front und
wäre schwer verletzt, aber es gäbe keine Hilfe, wo noch zu helfen
war. Was würdest Du dazu sagen? So wie Du denken auch andere
Eltern. Mache mir also keine Vorwürfe, da das ungerecht ist. Da ich
am 10.II. fahre, wirst Du mit der Post jetzt länger warten müssen,
wahrscheinlich zwei bis drei Wochen. Sei also nicht beunruhigt. Ich
erfülle meine Pflicht wie so viele. Mein Reisegefährte ist der Sohn ei-
nes Konsuls. Auch er geht, um in dieselben Dienste zu treten. Für
heute möchte ich nun schließen. Post über Belgien. Herzliche Grüße
und die besten Wünsche, Dein Hans-Eberhard.

Aus den in seinem Brief erwähnten Plänen ist offensichtlich nichts geworden. Was unter der vorsichtigen Umschreibung „Land der sieben Meere" zu verstehen sein sollte, ist unklar.

Ein zwischen den Dokumenten liegender Zeitungsartikel in der Deutschen Presse vom 06.06.40, den Anna S. ausgeschnitten haben dürfte, weist – jedoch propagandistisch verfärbt – auf Ereignisse in Belgien und Frankreich hin:

Verhaftet, verschleppt, gemartert, ermordet – Französische „Humanität"

dn-b. Berlin, 6. Juni

Die Deutsche Informationsstelle teilt mit: Von Tag zu Tag mehren sich die Zeugnisse dafür, daß seit dem 10. Mai 1940, als die deutschen Truppen zur Abwehr des von England und Frankreich beschlossenen Vorstoßes gegen das Ruhrgebiet die deutsch-belgische und die deutsch-holländische Grenze überschritten, von den Franzosen sowohl in Frankreich selbst als auch in Holland, Belgien und Luxemburg ein wilder bestialischer Terror gegen ganz bestimmte Kreise entfesselt worden ist. Dieser Terror richtete sich einmal gegen alle in jenen Gebieten ansässigen Deutschen und solche Nichtdeutschen, von denen angenommen wird, daß sie mit Deutschland irgendeine Beziehung hätten. Außerdem sind davon aber in besonders weitem Umfang auch diejenigen betroffen worden, die in ihrer Heimat als Repräsentanten alten bodenständigen Volkstums und damit als Gegner des korrupten Systems der plutokratischen Demokratien angesehen wurden.
Die Zahl der Menschen, die so dem verbrecherischen Wüten der Franzosen zum Opfer gefallen sind, läßt sich heute noch nicht im entferntesten übersehen. Die eingeleiteten Ermittlungen hierüber werden sich erst nach Abschluß der Kampfhand-

lungen und nach Wiederherstellung von Ruhe und Ordnung in den französischen Gebieten beendigen lassen. Aber in einer Reihe von Fällen ist es möglich gewesen, schon jetzt die Tatbestände festzustellen und damit diejenigen ans Licht zu ziehen, die an Scheußlichkeit und Grausamkeit auch die schlimmsten Befürchtungen übertreffen.

Als ein charakteristisches Beispiel werden nachstehend auf Grund solcher amtlichen Feststellungen Einzelheiten über die grauenvolle Ermordung von 72 Deutschen in Abbeville und Lille mitgeteilt. Sie enthüllen ein wahrhaft schreckenerregendes Bild.

Diese 72 Menschen waren in Belgien verhaftet worden, ohne daß ihnen das geringste Vergehen vorgeworfen werden konnte. Sie wurden dann von den Franzosen nach Lille und später nach Abbeville verschleppt und dort nach fürchterlichen Martern schließlich ermordet. Es genügte, einen deutschen Namen zu tragen oder früher einmal in Deutschland gelebt zu haben oder als aufrichtiger Anhänger heimischen Volkstums zu gelten, um der sinnlosen Wut der französischen Gendarmerie zum Opfer zu fallen.

Nur dem Zufall, daß einer der Verschleppten, der dänische Ingenieur Winter, sich im letzten Augenblick retten konnte, ist es zu danken, daß in diesem Falle die Einzelheiten des begangenen Verbrechens sofort amtlich festgestellt werden konnten. Die Aussage dieses Dänen vor einer amtlichen deutschen Stelle bedarf keines Kommentars.

Ihre Zuverlässigkeit ist in Abbeville sofort durch Nachforschungen deutscher Offiziere an Ort und Stelle einwandfrei bestätigt worden, insbesondere konnte nach den am Ort des Verbrechens gefundenen Legitimationspapieren die Persönlichkeit der 72 Ermordeten genau identifiziert werden. Es handelt sich danach um Angehörige folgender Staaten: Deutschland, Italien, Rußland, Ungarn, Holland, Belgien, Schweiz, Dänemark.

Besonders hinzuweisen ist auf die Aussage Winters über die Behandlung des bekannten Führers der Rexistenpartei Léon Degrelle. Daß Degrelle mitverschleppt wurde, wird auch durch die Bekundungen seiner Angehörigen bestätigt. Die Nachforschungen nach seinem Verbleib sind noch im Gange. Aller Wahrscheinlichkeit nach ist er aber in Lille erschossen worden. Es steht fest, daß derartige Verschleppungen nach Frankreich in größter Zahl sowohl aus Belgien als auch aus Holland und Luxemburg durchgeführt worden sind. So ist z.B. der holländische Volkstumsführer Rost van Tonningen ebenfalls mit vielen Anhängern der holländischen Mustert-Bewegung nach Frankreich verschleppt worden, während der Bruder Musterts ermordet wurde. Erst durch den Vormarsch der deutschen Truppen wurde die Gruppe Rost van Tonningen in Calais wieder befreit. So sinnlos diese Verschleppung und die in den meisten Fällen darauffolgende Hinmordung unzähliger Menschen auf den ersten Blick auch scheinen mag, so liegt ihr doch unverkennbar ein seit langem vorbedachter Plan zu Grunde. Die Franzosen wollten in Frankreich selbst und auch in Holland, Belgien und Luxemburg alles vernichten, was deutsch ist oder infolge verwandter weltanschaulicher Ideen mit dem neuen Deutschland sympathisiert.

In Belgien, Holland und Luxemburg haben die Franzosen unter dem Regime der von England und Frankreich abhängigen früheren dortigen Regierungen willige Werkzeuge für die Durchführung ihres Planes gefunden. Die Vollendung ihrer verbrecherischen Absichten haben die Franzosen aber durch die Verschleppung der unglücklichen Opfer nach Frankreich selbst in die Hand genommen, um nicht durch die heranmarschierenden deutschen Truppen daran gehindert zu werden.

Der unaufhaltsame siegreiche Vormarsch der deutschen Armeen wird dafür sorgen, daß die unglücklichen Opfer des französischen Terrors, wenn sie noch leben, bald befreit werden. Ent-

93

sprechende Repressalien sind bereits eingeleitet. Auf jeden Fall aber werden die Untaten der schuldigen Verbrecher ihre gerechte Sühne finden und eine Wiederholung solcher Verbrechen in Zukunft ein und für alle Mal ausgeschlossen werden.

Was war wirklich geschehen und was bedeuteten diese Ereignisse für Hans Eberhard?

Anna S. befand sich aufgrund dieses Artikels mit Sicherheit in einem Zustand größter Besorgnis um ihren jüngsten Sohn, von dem sie lange Zeit keine Nachricht bekam.

Der deutsche Presseartikel bezieht sich auf Ereignisse am 10.5.1940 und Folgezeit, schildert aber die Geschehnisse unter dem Einfluß hetzerischer NS-Propaganda.

Inzwischen, 60 Jahre nach diesen Ereignissen, gibt es Literatur, in der die Fakten anders nachzulesen sind.

Tatsächlich war den belgischen Behörden bewußt, daß ein Einmarsch der Deutschen in das bis dahin neutrale Belgien kurz bevorstand. Die Vielzahl der im Lande befindlichen Flüchtlinge aus Deutschland zwang Belgien zu handeln, um zu verhindern, daß alle diese Flüchtlinge in die Hände der Deutschen fallen würden. Sie hätten Repressalien schlimmster Art zu erwarten.

So ist am 10.5.1940 ein ministerieller Erlaß ergangen, der den Bürgern befahl, den Behörden Kenntnis von deutschen Staatsangehörigen zu geben und die Behörden ermächtigte, diese zu verhaften und in jeder Gemeinde in namentlich bezeichneten Einrichtungen zu internieren. Die Verhaftungen wurden noch am 10.5.1940 durchgeführt. In den Kasernen und anderen Einrichtungen, wohin die gefangengenommenen Personen gebracht wurden, wird anhand der existierenden Spezial-Listen, in denen die Flüchtlinge erfaßt sind, versucht, soweit als möglich zwischen echten Flüchtlingen und etwaigen eingeschleusten deutschen Schein-Flüchtlingen, die als Spione verdächtig sind, zu unterscheiden.

Für die auf der Liste stehenden Flüchtlinge hatte man Gewiß-
heit, daß, wenn sie durch die Deutschen gefunden würden, die
Repressalien für sie schrecklich geworden wären.
So war man ab dem 11.5.1940 bemüht, die Flüchtlinge unver-
züglich nach Frankreich abzutransportieren. Diese Maßnahme
betraf nicht nur die Fremden, sondern auch Belgier, Kommunisten oder andere, gesucht von den Deutschen, die man lieber
irgendwo in Frankreich wußte, als sie den Nazis in die Hände
fallen zu sehen. Betroffen von dieser blitzartigen und unter
enormem Zeitdruck stehenden Evakuierungsaktion waren etwa
10 000 Personen.[4] Es dürfte damit vermutlich jedoch nicht gelungen sein, alle Flüchtlinge in Sicherheit zu bringen.
Von diesen Hintergründen hatten jedoch weder Anna S. noch
ihre Tochter Erika Kenntnis.
Wie sich aber aus den Dokumenten eindeutig ergibt, war Hans
Eberhard unter den am 10.5.1940 Verhafteten.
Anna S. erhielt erst mit seiner Postkarte vom 28.6. 1940 wieder
Nachricht von ihm. Die Postkarte kam aus dem Internierungs-
lager St.-Cyprien-Perpignan, nicht weit von der spanischen
Grenze am Fuße der französischen Pyrenäen.

28.06.40

Absender: Hans-Eberhard S., Camp St.-Cyprien-Perpignan.
Liebe M., sicherlich warst Du in Unruhe, so lange Zeit ohne Nach-
richt von mir zu sein. Durch die Ereignisse der letzten Wochen war
es mir beim besten Willen nicht möglich zu schreiben, da ich mich in
Südfrankreich in einem Internierungslager befinde, direkt an der
spanischen Grenze. Hoffentlich ist Dein Gesundheitszustand so gut
wie der meine und hast keine Sorgen. In den allernächsten Tagen

---

[4] Betty Garfinkels: Belgique, terre dàcceuil. Problème du réfugié 1933-1940,
S.164-167

werde ich das Lager verlassen und entweder nach Belgien oder
Deutschland zurückkehren und bitte Dich, Geld für mich bereitzu-
halten, damit ich meine Interessen wahren kann, was nach so einer
langen Zeit der Abwesenheit leider notwendig sein wird. Meine bel-
gische Adresse kennst Du ja. Was werden wird, weiß ich nicht, doch
wird die Zukunft noch manche schwere Stunde für mich bringen und
würde mich freuen, wenn Du mir in dieser außergewöhnlichen Lage
tatkräftig zur Seite ständest. Wer weiß, was ich in Belgien von meinen Sachen noch vorfinden werde, doch alles was ich besaß, war ja
in guten Händen. Hat Dir meine gütige Fee, Frau Vaerngren, einmal inzwischen geschrieben? Du erinnerst Dich ihres Briefes u. Deiner darauffolgenden Karten. Was mir damals angeboten wurde,
würde ich gerne annehmen, wenn es heute noch möglich ist. Sieh
Dich bitte in dieser Richtung für mich um. Sollte dieses nicht mehr
möglich sein, wird für mich dieselbe Zeit anbrechen, wie damals in
Lübeck u. damit muß ich heute schon rechnen. Jedenfalls tue, was in
Deiner Macht steht, um dieses zu vermeiden oder abzuschwächen.
Für heute muß ich nun schließen. Herzl. Gruß H.-E.

(Die Karte trägt einen Stempel des Oberkommandos der
Wehrmacht)

Wie er von Antwerpen nach Frankreich und in das Internierungslager St. Cyprien gelangte, schilderte er nicht. Wie schon
erwähnt, waren die Ereignisse am 10.5.1940 in der deutschen
Presse propagandistisch verfälscht dargestellt und die wahren
Hintergründe blieben für seine Angehörigen unbekannt.
Hans Eberhard war aber, wie er selbst schreibt, bei guter Gesundheit und hatte zu diesem Zeitpunkt noch die Hoffnung,
bald nach Belgien oder nach Deutschland zurückkehren zu
können.
Es war die letzte Nachricht von ihm selbst.

Nur wenige Wochen später findet Anna S. folgenden Bericht in der deutschen Presse:

Zurück aus französischen Schreckenslagern

Brüssel, 22. Juli. Im Palast der Schönen Künste in Brüssel wurde am Sonnabendabend von der Auslandsorganisation der NSDAP, Landesgruppe Belgien, eine Feier für die aus Frankreich zurückgekehrten Zivilgefangenen der Deutschen Kolonie Brüssel veranstaltet. Der Ortsgruppenleiter von Brüssel, Pg. Poehls, begrüßte die Ehrengäste, u.a. den Stadtkommandanten von Brüssel, General Möller, den Militärverwaltungschef, Regierungspräsidenten und SS-Obergruppenführer Reeder, den ebenfalls aus der Gefangenschaft zurückgekehrten Landesgruppenleiter der NSDAP Belgien, Pg. Schulze, sowie Vertreter der italienischen Faschisten und den Leiter der spanischen Falange in Belgien. Ausführlich schilderte er den Kampf der Deutschen Kolonie in Belgien vor Beginn des Krieges und die Zeit der Prüfung und Bewährung, die mit dem 1. September 1939 für die Deutschen in Belgien begonnen habe. Mit dem 10. Mai fing der Leidensweg der deutschen Volksgenossen an. Sie wurden ins Gefängnis geworfen, verschleppt und mißhandelt. Die 1 500 Männer, Frauen und Kinder, die jetzt endlich wieder aus den französischen Schreckenslagern der Pyrenäen heimkehrten, konnten sich an Ort und Stelle überzeugen, wie die Kultur der großen Nation in Wirklichkeit aussah.

Inzwischen ist klar, wie dieser Artikel zu werten ist.
Unterdessen hatte Anna S. sich an die bisherige Adresse von Hans in Antwerpen gewandt, um von seinen Gastgebern Näheres über sein Schicksal zu erfahren.

„Wehrte Frau S.! Ich will Ihnen mitteilen, daß wir nur wissen, daß Herrn S. in Südfrankreich ist, doch mehr wissen wir nicht. Für nähere Auskunft müssen Sie sich ans Rote Kreuz wenden. Bis heute ist Herrn S. noch nicht in Antwerpen. In der Hoffnung, Frau S., daß Sie bald Antwort von Ihrem Sohn erhalten, grüßt Sie P. P."
(Die Karte trägt einen Stempel des Oberkommandos der Wehrmacht)
Am 31.08.1940 starb Hans Eberhard in Paris. Über die Todesursache gibt es keine Kenntnis.
Wann und in welcher Form Anna S. eine Benachrichtigung erhalten hat, ist nicht bekannt. Es ist möglich, daß ihr die Todesursache mitgeteilt wurde, jedoch hat sie nie mit jemandem darüber gesprochen, auch nicht mit ihrer Tochter Erika.
Zwischen den wenigen Dokumenten befindet sich ein kleiner Zettel. Mit fremder Handschrift ist darauf geschrieben:

31.8.1940
3 Uhr
Paris

Auf der Rückseite steht in der Handschrift von Anna S.:

S. +

abgenommen auf Französ.
Eickert, Hamb. Polizeibeamter

Möglicherweise steht dieser Zettel im Zusammenhang mit der Benachrichtigung.
Es kann jedoch angenommen werden, daß sie über den Tod ihres Sohnes erst etwa zwei Monate später in Kenntnis gesetzt wurde, denn erst am 09.11.1940 verschickt Anna S. gedruckte Trauerkarten:

Nach langer Ungewißheit durch seine Gefangenschaft erhielt ich die schmerzliche Nachricht, daß mein lieber, guter Sohn Hans Eberhard S., gedient bei der Panzer Abwehr, am 31. August 1940 in Paris im Alter von 24 Jahren verstarb. Er ist in Paris beigesetzt.
Im Namen der Trauernden Frau Anna S., H., den 9. November 1940, Ackermannstr.15.

Anna S. hat eigenhändig geschrieben:

(Ohne Datum)

Bescheinigung. Mein jüngster Sohn Hans Eberhard S. wurde am 10. Mai 1940 in Antwerpen durch die Polizei gefangengenommen und in dem Lager Camp St.-Cyprien-Perpignan (Südfrankreich) interniert. Am 31. August 1940 ist mein Sohn Hans Eberhard in Paris gestorben. Der Kraftfahrer Oswald S., geb. 31.12.1909 in O., ist der letzte lebende männliche Nachkomme des am 24.3.1918 verstorbenen Johannes S..

Anna S. wendet sich wieder an die Adresse der Gastgeber von Hans in Antwerpen mit der Bitte, ihr seine hinterlassenen Sachen zu übersenden.

13.11.40 Antwerpen.

Geehrte Frau S.! Wir haben Ihre Karte erhalten und haben leider die traurige Nachricht vernommen, daß Ihr Sohn tot ist. Unser herzlichen Teilname. Geehrte Frau S., Sie fragen um die Kleider von Ihrem Sohn, sobald es uns möglich ist, werden wir Ihnen die Kleider durchs Rote Kreuz senden. Frau S., Sie fragen, ob Ihr Sohn uns ge-

schrieben hat. Ihr Sohn hat uns nicht geschrieben. Geehrte Frau S.,
so haben Sie noch ein bißchen Geduld, wir sollen alles versuchen,
daß Sie so schnell wie möglich die Kleider von Ihrem Sohn erhalten
durchs Rote Kreuz. Sind Sie vielmals gegrüßt von Familie Schraey-
en."

(Die Karte trägt einen Stempel des Oberkommandos der
Wehrmacht)

31.07.41 Anvers (Antwerpen)

Sehr geehrte Frau S.! Kann erst heute Ihre werte Karte beantwor-
ten, da wir selbst Deutsch nicht lesen können. Den Koffer haben wir
noch **nicht** *abgesandt, da die Unkosten für den Transport für uns zu*
hoch sind, will aber probieren, ob ich denselben per Bahn senden
kann und daß es dort in H. bezahlt wird. Anders kann er hier bei
uns stehenbleiben, und es geht nichts verloren. Hoffen und wün-
schen, daß es Ihnen recht gut geht. Mit vielen Grüßen M. Schraey-
en. Vleeshouwersst.22, Antwerpen."

(Die Karte trägt einen Stempel des Oberkommandos der
Wehrmacht)

22.09.42 Antwerpen.

Beste Madame. Uw schrijwen ontvangen hebbende van de 13de de-
zen, maar in U vermeld dat yij het koffer nog niet had ontvangen, dit
verwonderde ons zeer daar het opgestuerd is door de tusschen komst
von den Heer Consul. maar u naar geschrewen hebt, en die ons
vermittigd heeft hebben wij dit koffer naar der Verzender van Ar-
thuur Pierre Isabelle lei moeten afgeven, die nou er naar gesorgd
hebben. Beste Madame u schrijft van 2 koffers, et is er maar eene, et

hebben er 2 geweest maar Hans heeft die verkocht mit ziene stiebels
en nog verschillende sien sachen. Het sprijt mij madame dat ik dat
moet schrijven, maar yij zalt mij niet begrijpen Madame u schrijft
over eene ... maar hij heeft die aan mijn broeder gegeven, omdat wij
noor hem altijd braaf geweest hebben, want hij was hij na ons broe-
der, zoodat hij meer aan ons tafel was dan ergens. Maar dat hebben
wij met genoegen gedaan, want wij hayen Hans gaarne, hij was def-
tig en beleefd. Nu Madame hebe ik naar den Heer Consul geweest
an dat zom zeggen, dat u dat koffer nog niet ontvangen had. Dan
heeft hij mij naar den verzender gestuurd, en daar was nog altijd de
koffer. Et is nog geen verzending naar H. geweest, en met de trein
konden zij het niet verzenden zegde hij mij. Nu als die Mijnheer
Weyller naag Antwerpen komt kan hij die koffer met mij afhalen en
zoodoende kan hij het u bezorgen. Aan waard beste Madame mijne
hetefole groeten. J. Schraeyen.

(Ungefähre Übersetzung)
Beste Madame. Ihr Schreiben vom 13. dieses Monats empfan-
gen habend, teilen Sie darin aber mit, daß Sie den Koffer noch
nicht erhalten haben, dies verwunderte uns sehr, da es in die
Wege geleitet wurde durch den Einsatz von dem Herrn Konsul,
da Sie danach geschrieben haben und der uns vermittelt hat,
haben wir diesen Koffer zu dem Versender von Arthuur Pierre,
Isabelle Straße, abgeben müssen, die sich nun darum kümmern.
Beste Madame, Sie schreiben von 2 Koffern, es ist aber nur einer, und es sind 2 gewesen, aber Hans hat den zusammen mit
seinen Stiefeln und noch verschiedenem von seinen Sachen
verkauft. Es tut mir leid, Madame, daß ich das schreiben muß,
aber sie werden mich nicht verstehen, Madame, und schreiben
von einer ..., aber er hat die an meinen Bruder gegeben, weil wir
ihm gegenüber immer anständig waren, als er bei unserem Bruder war, so daß er mehr an unserem Tisch saß als anderswo.
Aber das haben wir gern getan, weil wir Hans gerne hatten, er

101

war nett und beliebt. Nun, Madame, bin ich bei dem Herrn
Konsul gewesen, um ihm zu sagen, daß Sie den Koffer noch
nicht erhalten hätten. Dann hat er mich zu dem Versender geleitet, und da war der Koffer immer noch. Es ist noch kein Ver-
sand nach H. gewesen, und mit dem Zug konnten sie ihn nicht
versenden, sagte er mir. Sobald Herr Weyller nach Antwerpen
kommt, kann er den Koffer mit mir abholen und so kann er ihn
Ihnen besorgen. Nehmen Sie, beste Madame, meine herzlichen
Grüße.

J. Schraeyen.

(Der Brief wurde vom Oberkommando der Wehrmacht geöff-
net, geprüft, wieder verschlossen und Anna S. hat darauf das
Datum 27.10.42 vermerkt, wohl das Datum, an dem sie den
Brief erhalten hat.)

Anna S. hat auf einem Zettel notiert:

ohne Datum (1952)

„*Antwerpen. Sie fragen mir, Frau, wann und wo Ihr Sohn wegge-
gangen ist. Er ist von der Polizei auf den 10. Mai 1940 weggeholt
und interniert worden. Nun können Sie wohl verstehen, daß ich
nicht weiß, wo er hingekommen ist u. daß ich auch kein Detektiv
bin, um nachzugehen, wo sie die Leute verschickt haben.*" *So schrieb
die Frau aus Belgien, wo H. Eberhard in Antwerpen gewohnt hat:
Vleeschhouerstraat 22.*

Es handelt sich wohl um eine Briefabschrift. Die Tochter von
Anna S., Erika, hatte die Möglichkeit zu einer Fahrt nach Antwerpen und wollte bei dieser Gelegenheit bei den Damen, bei
denen Hans damals gewohnt hatte, einen Besuch machen. Anna S. schickte ihr zu diesem Zweck wohl diese Briefabschrift
und schrieb an ihre Tochter Erika:

... Die beiden Damen in Antwerpen wohnten Vleeschhouerstraat 22. Sie waren sehr gut zu ihm. Seine Gönnerin war Frau Värngren, Antwerpen, Isabellelei 31. Ist wohl eine Deutsche. Ich glaube, sie ist umgezogen.

Anna S. schreibt etwas später an ihre Tochter Erika:

(ohne Datum)

Meine liebe Erika, es war sehr lieb von dir, die beiden Damen in Antwerpen aufzusuchen, ich würde es auch gern tun. Sie haben den Jungen gern gehabt, das wußte ich von Hansel. Wie Mutti[5] mal zu mir sagte: Jetzt hätte er groß da gestanden, wenn er gelebt hätte, denn er wollte für Adolf Hitlers Staat nicht dienen. Der Hansel war ein ganz kluger Junge, seine ungleichmäßige Entwicklung hinderte ihn, das mehr zu zeigen. Seine inneren Organe waren mit dem anderen Körper nicht gleichmäßig gewachsen. Also der blg. Staat hat für ihn Miete und Unterhalt bezahlt u. die 2 Damen sorgten so lieb für ihn. Könnte ich es mal gutmachen! Ich danke dir sehr, daß du hingegangen bist. Nach Hansels Grab können du u. ich für den ½ Preis nach Paris fahren. Muß in Kassel beantragt werden. Was sagten die beiden Damen sonst noch?

Es findet sich ein weiterer Zettel mit unbekannter Handschrift:
Pariser Friedhof in Thiais - Grab Nr. 4009

Nach Schriftverkehr mit dem Volksbund Deutsche Kriegsgräberfürsorge erfährt Anna S., daß ihr Sohn Hans Eberhard vom Pariser Friedhof Thiais auf den Ehrenfriedhof in Ivry umgebettet wurde, wie eine kleine Notiz auf einem Zettel in ihrer Handschrift belegt.

---

[5] Anm.: „Mutti" ist die Schwiegermutter von Erika S.

Hans Eberhards Nr. in Paris Vg. B. 91037
auf den Ehrenfriedhof Paris Ivry umgebettet.

Es gelingt ihr, mit Hilfe des Volksbundes Deutsche Kriegsgräberfürsorge einen Kranz auf dem Grab ihres Sohnes in Ivry niederlegen zu lassen. Davon existiert ein Foto.

1955 starb Anna S..

Ihre Tochter Erika erfährt einige Jahre später, daß das Grab von Hans Eberhard auf dem Friedhof Ivry nicht zu finden ist. Erst nach verschiedenen Schreiben an den Volksbund Deutsche Kriegsgräberfürsorge und andere Stellen erlangt sie Kenntnis davon, daß der Leichnam ihres Bruders Hans Eberhard nochmals umgebettet wurde nach St. André de L'Eure (Eure).

Vom 11. bis 17.7.1969 reist sie nach Trier und nimmt von dort an einer Fahrt zur Kriegsgräberstätte St. André de l'Eure teil und hatte so Gelegenheit, das Grab ihres Bruders zu besuchen.

Heute ist auch sie nicht mehr da, um mit ihr über die Schicksale der Menschen zu reden, die ihr nahe standen.

Und dennoch fand sich jetzt, 60 Jahre nach dem so frühen und tragischen Tod von Hans Eberhard, ganz zufällig ein Bericht, der zumindest für einen Teil seines Schicksalsweges Aufklärung gibt.

Der aus Deutschland stammende und dann in Antwerpen lebende Jude Carl Heilberg schilderte sein eigenes Schicksal und die Flucht über Frankreich und Portugal nach Kuba. Dieser Bericht ist in dem Buch von H.-Dieter Arntz: Judaica – Juden in der Voreifel[6], wiedergegeben. Es zeigt sich bei der Lektüre, daß Carl Heilberg und Hans Eberhard auf dem Weg nach Frank-

---

[6] H.-Dieter Arntz: Judaica – Juden in der Voreifel, Kümpel-Verlag, Euskirchen 1983, S. 417.

reich und im Internierungslager St. Cyprien Schicksalsgenossen gewesen sein müssen:

Ich lebte seit 1934 in Antwerpen, wo ich eine Futtermittelfabrik leitete.

Am 10. Mai 1940 wurden alle deutschen Staatsbürger von den Belgiern verhaftet und in einer Kaserne untergebracht. Von dort wurden wir in einem Eisenbahntransport in Richtung Frankreich abtransportiert. Einige Tage lang waren wir unterwegs – ohne Nahrung und Wasser! Dann stoppte unser Zug auf der Höhe der Maginot-Linie, weil wir von den Engländern bombardiert wurden. Ein Treffer landete in der Mitte des Zuges, und der gute Freund Kaminski kam dabei ums Leben.

Südlich von Paris brachte man uns in das Lager ,St. Livrade', wo wir schlecht ernährt wurden, bis wir einige Tage später in ein anderes, weiter südlich gelegenes Lager deportiert wurden. Von hier aus erreichten wir nach etwa einer Woche – in Viehwagen gepreßt – ,St. Cyprien', in der Nähe der spanischen Grenze. In diesem Lager waren vorher spanische Kommunisten untergebracht worden, die von den Franzosen interniert worden waren.

Bei den Franzosen gab es keinen Unterschied zwischen Juden und Ariern. Wir wurden alle als Deutsche angesehen und entsprechend behandelt. Es gab auch keine Auseinandersetzungen unter den Gefangenen ...

... Nach dem Zusammenbruch Frankreichs kam eine deutsche Militärkommission, die uns aufforderte, nach Belgien bzw. Deutschland zurückzukehren. Es wurde ein Transport zusammengestellt und etwa 400 Mann in einem Zug in Richtung Deutsches Reich abgeschoben.

In Bordeaux übernahm die Gestapo den Transport und separierte Juden von Ariern. Wir wurden in Bordeaux in eine Kaserne gesperrt, die Arier in ihre Heimat geschickt. Auf dem Kasernenhof mußten wir antreten, bis man uns nach der genauen Registrierung in

Stuben zu je 12 bis 20 Mann unterbrachte. Der Kommandant teilte uns mit, daß wir bei einem Fluchtversuch erschossen würden und jeder für seinen Nachbarn verantwortlich sei. Sollte somit einer fliehen, müßte der andere dafür mit seinem Leben büßen ...

Hans Eberhard gehörte nicht zu den etwa 400 Mann, die von St. Cyprien aus ins Deutsche Reich abgeschoben worden waren. Er war also unter den vielen anderen, die nach Bordeaux transportiert wurden.

Er gehörte dort, nachdem die Gestapo den Transport übernommen und Juden und Arier separiert hatte, aber auch nicht zu den Ariern, die in ihre Heimat geschickt wurden.

Während bis hierher durch den Zeitzeugen Carl Heilberg der Weg von Hans Eberhard aufgeklärt werden konnte, bleiben für die wenigen Tage zwischen dem Aufenthalt in Bordeaux und seinem Tod in Paris nur Vermutungen.

Es kann als sicher angenommen werden, daß bei der Übernahme der Leute aus dem Lager St. Cyprien durch die Gestapo in Bordeaux und bei den Ermittlungen und Verhören zur Separierung von Juden und Ariern Hans als Deserteur erkannt wurde. Die Gestapo dürfte ihn dann nach Paris überstellt haben.

Die Vermutung liegt nahe, daß Hans Eberhard dort am 31.8.1940 nur wenige Tage vor Vollendung seines 25. Lebensjahres keines natürlichen Todes gestorben ist.

Übergänge

Erzählung

Bis zum 7. Mai 1945 lag die Divisionskartenstelle noch bei Loosdorf, einem kleinen Ort an der Westbahnstrecke in Niederösterreich.
Am Abend des 7. Mai wurde Befehl gegeben, sich vor dem Morgengrauen, noch in der Dunkelheit und unter Umfahrung der Hauptstraße, nach Zelking, etwa zwei Kilometer nordwestlich von St. Leonhard, abzusetzen.

Oswald, der nach den sich widersprechenden Nachrichten der letzten Tage schon früher mit dem Befehl zum Aufbruch gerechnet hatte, war vorbereitet.
Er hatte seinen Italien-Rucksack gepackt, die wertvollen Zeichen- und Meßgeräte, die sein Eigentum waren, zuunterst. Wäsche, Kulturbeutel mit Wasch- und Rasierzeug und vor allem einige Proviantvorräte waren neben seinen sonstigen Habseligkeiten sorgfältig verstaut. Schon in den letzten Tagen hatte er seine Verpflegungsvorräte wohlüberlegt zusammengestellt und organisiert. Sie würden für einige Tage ausreichen. Zuoberst im Rucksack lag die Wolldecke, die er für unentbehrlich hielt. Die übrige Wäsche war im Wäschebeutel verpackt.
Oswald hatte seinen Kameraden geraten, ebenfalls zu packen, um auf einen baldigen Aufbruch vorbereitet zu sein.
Sie alle hatten dem Augenblick eigentlich schon mit Ungeduld entgegengesehen. Es gab in der kleinen Gruppe der Männer, die zur Divisionskartenstelle gehörten, keinen, der den Nachrichten, sofern überhaupt noch Nachrichten durchkamen, vertraute oder ihnen Glauben schenkte.

Die Männer waren in der letzten Zeit mehr und mehr mißtrauisch geworden und sprachen untereinander offen darüber, daß der Krieg zweifellos verloren sei und so rasch als möglich auch ein Ende haben müsse.

Die Männer folgten daher der Empfehlung ihres Ingenieurs gerne und waren zum Aufbruch bereit.

Als nun der Befehl zum Absetzen kam, der auch für die in einem alten Omnibus untergebrachte und Oswald unterstehende Divisionskartenstelle galt, mußten sich Oswald und seine Kameraden mit dem Omnibus beim allgemeinen nächtlichen Aufbruch der Kolonne ohne Verzögerung anschließen.

Die Kolonne setzte sich langsam in Bewegung.

Ein Fahrzeug nach dem anderen schwenkte vom Standplatz auf den Fahrweg ein. Der Fahrer wartete mit dem Bus bei laufendem Motor, bis die Reihe an ihm war, sich in die Kolonne einzuordnen.

Der Fahrer mühte sich, mit dem alten Bus den Abstand zum vorausfahrenden Fahrzeug zu halten. Die Kolonne fuhr langsam. Der Weg war uneben und nur mit gedrosseltem Tempo zu befahren. Auch wollte man nicht mit starken Motorengeräuschen zusätzlich auf sich aufmerksam machen.

Während die anderen Kameraden versuchten, noch ein wenig weiterzuschlafen, sah Oswald in die dunkle Landschaft hinaus, die sie langsam durchquerten. Er dachte an nichts. Er nahm die dunklen, schemenhaften Bilder hinter den leicht beschlagenen Fensterscheiben kaum wahr, ließ sie wie einen Film vor seinen Augen vorbeiziehen.

Oswald blieb im Bus, als die Kolonne im Schutze eines kleinen Waldstücks bei langsam aufkommendem Morgenlicht an einer Bachwiese einen kurzen Halt einlegte.

Die anderen Männer nutzten die Gelegenheit, sich mit dem eiskalten Bachwasser wenigstens etwas das Gesicht zu erfrischen oder verschwanden kurz hinter den nahen Büschen, um auszutreten.

Während Oswald im Bus saß, gedankenverloren aus dem Fenster sah und darauf wartete, daß es weiterging, entging es ihm nicht, daß weiter hinten kurz nacheinander zwei Gruppen von je sieben Mann, begünstigt vom Zwielicht der Morgendämmerung, die Kolonne verließen.

Die Gruppen liefen geduckt zu einem Waldstück hinüber, um nicht von den Leuten der Feldgendarmerie oder den Männern der SS, die sich kurz nach dem Aufbruch der Kolonne angeschlossen hatten, entdeckt zu werden.

Oswald bemerkte, daß die beiden Gruppen Waffen und leichtes Gepäck mit sich führten und einige der Männer schon Zivilkleidung trugen.

Er verzichtete darauf, seinen in den Bus zurückkehrenden Kameraden von seiner Beobachtung zu berichten.

Er war ohnehin nicht sehr mitteilsam. Wer seine Eigenheiten nicht kannte, würde, da Oswald kaum jemals Reaktionen zeigte, annehmen können, daß ihm die Dinge gleichgültig wären.

Die Kameraden wußten jedoch inzwischen, daß dies nur so schien.

Sie hatten im Verlauf der vielen Wochen und Monate, die sie unter den gegebenen Umständen zusammen verbringen mußten, gelernt, seine Wortlosigkeit zu respektieren und hatten auch aufgehört, ihn nach seinen Ansichten zu den Ereignissen der letzten Tage zu befragen.

Oswald blieb schweigsam und verschlossen, wie es ihm eigen war.

Bei Gesprächen im Kameradenkreis hatte er zwischen ihnen gesessen und aufmerksam zugehört. Hier und da hatte er mit stiller Verwunderung festgestellt, daß die Meinungen und Ansichten des einen oder anderen Kameraden sich im Laufe der

Zeit ins Gegenteil verkehrt hatten, hatte sich jedoch bei den Diskussionen nie mit einem Wort beteiligt.

Hatte er über ihre gemeinsamen dienstlichen Dinge zu berichten oder Anordnungen zu geben, so tat er es sachlich und ohne jedes überflüssige Wort in aller Kürze.

Was an Nachrichten durchkam oder was die Kameraden sprachen, beschäftigte ihn wohl. Er dachte darüber nach und verarbeitete es innerlich, so weit es möglich war, aber er fühlte sich ganz allgemein nicht zum Reden berufen

Man kannte Oswald auch nicht als ausgelassenen oder fröhlichen Menschen.

Die Zeit hatte ohnehin keinen Raum mehr für Fröhlichkeit, wenngleich auch hin und wieder einer der Männer trotzdem noch versuchte, mit irgendeinem dummen oder derben Scherz oder einer deftigen Bemerkung die allgemein gedrückte Stimmung etwas zu lockern.

Abends in der Unterkunft, wenn die meisten Kameraden sich schon zum Schlafen niedergelegt hatten, war Oswald oft noch lange wach geblieben, war eine Weile draußen durch die nächtliche Stille spaziert, oder er hatte auf seinem Lager gelegen und Notizen und Gedanken in ein kleines abgegriffenes Notizheftchen aufgeschrieben, das er in der Brusttasche ständig bei sich trug.

Hin und wieder hatte er auch Briefe geschrieben, mal an die Mutter in seiner norddeutschen Heimat, mal an die Schwester oder an Martha, die in der Steiermark lebte und an die er oft dachte.

Aus einer vor langer Zeit begonnenen Brieffreundschaft, von der er nicht einmal mehr sagen konnte, auf welche Weise sie zustande gekommen war, hatte sich zwischen Martha und Oswald eine richtige Verbundenheit und ein gewisses Zusammengehörigkeitsgefühl entwickelt, das durch jeden neuen Brief, den sie einander schrieben, vertieft wurde.

Oswald trug in dem kleinen Notizheft eine Fotografie von ihr bei sich, die sie ihm in einem ihrer Briefe mitgeschickt hatte.

Zu einer persönlichen Begegnung hatten sie bisher keine Gelegenheit gehabt.

Als der Bus nach einer Fahrt von etwa zwanzig Kilometern am 8. Mai frühmorgens in Zelking einfuhr, gab es einen kurzen demonstrativen Fliegerangriff von zwei russischen Jägern.

Der Russe hatte das nächtliche Absetzmanöver bemerkt und war nachgestoßen.

Die Kolonne war gezwungen, Zelking sofort in Richtung Wieselburg zu verlassen, um dann auf Euratsfeld zuzusteuern, ihr nächstes Fahrtziel.

Auf der Strecke dorthin mußte der Omnibus der Divisionskartenstelle jedoch einige Male anhalten, weil der Motor ausfiel.

Der Fahrer, der erst vor kurzer Zeit zu der kleinen Gruppe überstellt worden war, war mit dem schon etwas überalterten Busvehikel nicht vertraut genug, um seine Schwächen zu kennen.

Da er eigentlich auch kein Busfahrer war, unterblieb die regelmäßige Wartung, so daß das häufigere Streiken des Motors nicht verwunderlich war.

Die anderen Fahrzeuge der Kolonne schoben sich langsam an dem Bus vorbei und setzten ihre Fahrt fort.

Die Gruppe mit dem Omnibus blieb durch diese Zwangspausen mehr und mehr hinter der Kolonne zurück.

Erst kurz hinter Euratsfeld, schon auf der Strecke nach Ulmerfeld, holte der Bus die Kolonne wieder ein.

Auf dem zurückliegenden Streckenabschnitt hatten sich die Männer an einer Stelle gegenseitig auf vier verlassene Geschütze neben der Straße aufmerksam gemacht. Kurz zuvor hatten sie dicht neben der Straße einen gesprengten deutschen Panzer liegen gesehen.

Einer der Männer machte eine hämisch-bissige Bemerkung, aber die anderen reagierten nicht darauf.

Die Kolonne fuhr in Richtung Ulmerfeld mit dem Befehl, unter südlicher Umfahrung des von den Amerikanern besetzten Amstetten den Fluß Enns bei Enns gemäß der Kapitulationsverhandlung vor zwölf Uhr mittags zu überschreiten und sich in Asten zu sammeln.

Vereinbart war zwischen Russen und Amerikanern, so hatte Oswald gehört, daß die Enns die Demarkationslinie bilden sollte. Es hieß weiter, daß diejenigen in russische Kriegsgefangenschaft geraten würden, die am 8. Mai 1945 bis 12 Uhr mittags die Enns nicht überquert hätten.

Auch auf der Fahrt nach Ulmerfeld hatte der Bus mehrfach Motorhemmungen und blieb schließlich am Ausgang eines Dorfes ganz stehen.

Die Kolonne fuhr weiter. Niemand, auch kein Kradmelder, kümmerte sich um das liegengebliebene Fahrzeug und seine Insassen.

Etwa zwanzig Minuten lang bemühte sich der Fahrer fieberhaft, den Motor wieder in Gang zu bekommen. Links und rechts der Straße hörte man in der Ferne vereinzelt Schüsse von nachsetzenden russischen Panzern.

Die Männer wurden nervös. Einer der Kameraden packte sich schon aus der Munitionskiste in aller Eile sämtliche griffbereite Munition, vierhundert Schuß, in die Taschen. Dadurch kam es beinahe zu einer Prügelei mit einem der anderen Männer, bis sie sich schließlich auf jeweils die Hälfte einigten.

Die Dorfbevölkerung lief unruhig und wie kopflos hin und her. Man wußte, daß die Russen bald kommen würden und wollte daher keine deutschen Soldaten mehr im Dorf haben, um möglichst eventuelle letzte Kampfhandlungen im Ort zu vermeiden.

Der Motor sprang plötzlich ächzend an, stotterte zunächst noch, dann aber wurde das Motorengeräusch beruhigend gleichmäßig. Der Fahrer hatte es geschafft, und die Männer atmeten auf.

Endgültig erleichtert waren sie, als sie, nachdem sie auf die Hauptstraße Linz-Amstetten gestoßen waren, in langsamer Fahrt die Ennsbrücke passierten und dann auf der Straße in Richtung Asten noch im Ort Enns den ersten Amerikanern begegneten.

Der morgendliche Nebel über dem Donautal hatte sich noch nicht vollends gehoben und versperrte die Sicht auf den breiten Fluß.

Oswald war glücklich, daß es ihnen frühzeitig gelungen war, die Ennsbrücke zu passieren. Die Gefahr, von den Russen gefangen genommen zu werden, war damit vorüber.

Jeder der Männer hoffte, daß ihnen die Gefangenschaft erspart bliebe und sie in die Heimat gelangen würden, aber sie mußten doch immer noch die Möglichkeit einer Gefangennahme in Betracht ziehen. Wenn es dazu kommen sollte, wollten sie sich doch lieber den Amerikanern ergeben, als den Russen in die Hände zu fallen.

Oswald stellte sich vor, wie schrecklich es den noch nach ihnen folgenden Männern anderer Einheiten zumute sein mußte, wie sie ängstlich immer wieder auf die Uhr sahen und auf die Entfernungsschilder am Straßenrand, die den Weg nach Enns wiesen.

Es würde ein gewaltiger Stau auf der Straße zur Ennsbrücke entstehen, wenn alle bemüht waren, noch vor zwölf Uhr mittags die Brücke zu passieren.

Er nickte seinen Kameraden mit einem zufriedenen Lächeln zu und spürte auch ihre Erleichterung.

Eine lange Zeit voller Entbehrungen lag nun hinter ihm, doch war ihm bewußt, daß er zu den Begünstigten des Schicksals gehörte, denen ein Kriegsdienst an der unmittelbaren Front erspart geblieben war.

Ihn, den Vermessungsingenieur, hatte man nach einem relativ kurzen Einsatz in Italien und einigen Tagen Heimaturlaub zu dieser Divisionskartenstelle versetzt.

Nicht ein einziges Mal während der ganzen Zeit, weder in Italien noch hier, hatte er eine Waffe in der Hand gehabt.

Er hatte sich davor gefürchtet, für einen Fronteinsatz einberufen zu werden, hätte aber nicht den Mut gehabt, sich einem solchen Einsatz vorher durch Flucht zu entziehen oder zu desertieren, nachdem das unglückliche Schicksal seines jüngeren Bruders Hans-Eberhard ihn ständig beschäftigte.

Als er, Oswald, vom Einsatz in Italien heimgekehrt war, hatte er auf Umwegen erfahren, daß Hans-Eberhard desertiert und erst nach Holland, dann nach Belgien und weiter nach Frankreich geflüchtet war. Immer wieder war Hans-Eberhard nur knapp der Entdeckung entgangen.

Eines Tages war die Nachricht gekommen, daß er in Frankreich gestorben war.

Über die näheren Umstände konnte Oswald nichts erfahren. Die Mutter, die die Nachricht erhalten und mit bewunderungswürdiger Tapferkeit aufgenommen hatte, wollte darüber weder mit ihm noch mit sonst jemandem sprechen.

Oswald fröstelte. Es regnete inzwischen.

Die Feuchtigkeit und die Kälte nach der durchwachten Nacht in dem kalten Bus verkrallten sich in seine Uniform, und er spürte sie beißend auf der Haut.

Die Männer mit ihrem Bus gerieten nun in einen Strom von Fahrzeugen und kamen nur langsam und stockend vorwärts.

Amerikaner fuhren ständig an den Kolonnen vorbei und forderten die Leute der Kolonnen auf, die Waffen abzugeben.

Viele der Leute warfen ihre Waffen während der Fahrt einfach weg.

Auch die Männer im Bus der Divisionskartenstelle warfen ihre Waffen seitlich in den Straßengraben.

Die beiden Männer, die sich noch vor nicht allzu langer Zeit wegen der Munition aus der Munitionskiste fast geprügelt hatten, hatten sich schon von ihren Waffen getrennt und packten nun auch noch die Munition aus ihren Taschen wieder aus und warfen sie aus dem Fenster in die Büsche, an denen sie gerade vorbeifuhren.

Besonderes Interesse der Amerikaner galt Pistolen, und sie fragten ständig danach.

Ein Unteroffizier gab seine Pistole an Oswald weiter, aber Oswald warf sie kurz darauf ebenfalls weit weg ins Gelände. Es wäre zu gefährlich gewesen, sie zu behalten.

Als die Kolonne wieder einmal kurz ins Stocken geraten war, trug Oswald auch noch die beiden Sprengladungen von je zwei Kilogramm, die im Falle der strategisch notwendigen Aufgabe des Fahrzeugs zur Sprengung des Wagens mit der Divisionskartenstelle bestimmt waren, vorsichtig aus dem Bus hinaus und die Straßenböschung hinunter.

Die Sprengung des Wagens mit der Divisionskartenstelle hielt Oswald für unsinnig.

Außerdem lag den Männern sehr viel daran, das Fahrzeug so lange wie möglich zu behalten.

Sie hatten miteinander abgesprochen, daß sie unter allen Umständen versuchen wollten, über Linz, Salzburg und München nach Norden zu fahren, soweit das Benzin reichte oder beschafft werden konnte. Der Fahrer selbst war irgendwo in Westfalen beheimatet.

Bei Asten wurde der Bus plötzlich gestoppt und auf eine rechts der Straße liegende Wiese eingewiesen. Hier sollte sich die Division sammeln.

Die Männer stellten fest, daß auch ihre Kolonne, zu der sie schon vor Ulmerfeld den Anschluß verloren hatten, bereits hier stand.

Etwa dreihundert Meter von der Straße entfernt, auf der eine scheinbar endlose Schlange deutscher Fahrzeuge rollte, befanden die Männer sich mit ihrem Omnibus nun zwischen den Reihen anderer Fahrzeuge im Gelände. Soldaten wie Offiziere standen neben ihren Fahrzeugen untätig und ratlos herum.

Oswald saß gemeinsam mit seinen Kameraden noch im Bus.

Der Fahrer war ausgestiegen und versuchte im Gespräch mit den Leuten der in unmittelbarer Nähe stehenden Fahrzeuge zu erkunden, wann und wohin man weiterfahren könnte.

Es gab jedoch niemanden, der darauf eine Antwort wußte. Man nahm an, daß die Amerikaner die Fahrzeuge und die dazugehörigen Mannschaften die Nacht über auf dem Sammelplatz festhalten und am nächsten Morgen im Konvoi in ein großes Sammellager eskortieren würden.

Dort, so hatte einer der Männer, mit denen der Fahrer gesprochen hatte, mit bedrückter Miene geäußert, würde wohl auch der Weitertransport in ein Gefangenenlager auf sie warten.

Die Ungewißheit, was nun mit ihnen geschehen würde, ertrug Oswald nicht. Die Situation erschien hoffnungslos.

Die Männer zweifelten inzwischen am Erfolg ihres Plans, mit dem Bus in die Heimat zu gelangen.

Die Möglichkeit, daß man sie in ein Sammellager bringen und damit unter Umständen doch noch eine Gefangenschaft verbunden sein würde, wurde wahrscheinlicher.

Oswald mußte ohne Rücksicht auf die Kameraden für sich persönlich eine Entscheidung treffen.

Auf dem Gelände sammelten sich die Fahrzeuge. Von der Straße her kamen immer noch weitere hinzu, die sich inzwischen mühsam ihren Weg zwischen den stehenden Wagen bis zu einem freien Platz suchen mußten.

Noch bestand die Hoffnung, in diesem allgemeinen Durcheinander zu Fuß zwischen den Fahrzeugen hindurch das Gelände verlassen zu können. Seinen Italien-Rucksack und den Wäschebeutel hatte er ohnehin längst griffbereit vor sich, eigentlich schon für den Fall, daß der Bus unterwegs hätte aufgegeben werden müssen.

Oswald nahm sein Gepäck auf, nachdem er seine Kameraden im Bus kurz über sein Vorhaben informiert hatte und nahm Abschied von ihnen.

Keiner dachte daran, ihn aufzuhalten. Sie wünschten ihm Glück und schlossen für sich selbst nicht aus, bei einer sich bietenden Gelegenheit seinem Beispiel zu folgen.

Unbemerkt von den Posten verließ Oswald den Bus. Im Zickzack marschierte er zwischen den abgestellten Fahrzeugen hindurch.

Am westlichen Rand des Geländes gelangte er an einen Acker, den er schnell überquerte.

Am Rand eines Feldes mit grünem regennassen Getreide drehte er sich noch einmal kurz nach dem Sammelplatz um. Er sah gerade noch, daß zwei Männer in geduckter Haltung zwischen den Fahrzeugen herauskamen und sich anschickten, im Laufschritt ebenfalls den Acker zu überqueren. An der Statur des einen Mannes erkannte er einen der Kameraden von der Divisionskartenstelle.

Oswald kümmerte sich nicht weiter darum. Wie er die übrigen im Bus zurückgebliebenen Männer der Divisionskartenstelle kannte, würden sie wohl dort bleiben und apathisch und ergeben die Entwicklung der Dinge abwarten.

Wenigstens war der Busfahrer bei ihnen geblieben, der vermutlich den Bus nur gezwungenermaßen aufgeben würde.

Oswald stapfte durch das nasse grüne Getreidefeld, und schon nach wenigen Metern waren seine Hosenbeine trotz der Stiefel bis zu den Knien naß. Der harte Stoff der Uniformhose scheuerte bald unangenehm an den Knien.

Schließlich, in sicherer Entfernung von dem Sammelplatz, kam Oswald an die Straße. Hier hoffte er, von einem der Fahrzeuge, die vielleicht an diesem Sammelplatz vorbei weiter nach Westen fahren durften, mitgenommen zu werden.

Es gelang ihm, auf eine Artillerie-Zugmaschine aufzusteigen, die einen schweren Mörser zog. Aber dieses Gespann kam nur langsam vorwärts, so daß er die nächste sich bietende Gelegenheit nutzte und auf einen anderen Lastkraftwagen umstieg.

So gelangte er zwar recht gut ein Stück Richtung Westen voran, aber das Glück war nur von kurzer Dauer.

Nur wenige Kilometer von dem ersten Kraftfahrzeug-Sammelplatz entfernt wurde das Fahrzeug von der Straße weg rechts auf eine Wiese geleitet. Auch hier befand sich ein Sammelplatz.

Zwischen den sich dort sammelnden Fahrzeugen und der Straße lag ein freizuhaltender Streifen von ungefähr achtzig Metern. Oswald sprang vom Fahrzeug ab und ging sofort zurück zur Straße, um möglichst wieder einen Wagen zu erreichen, der weiterfahren konnte.

Ein schwarzer amerikanischer Soldat hielt ihn und einige andere Männer, die Gleiches vorhatten, jedoch auf und befahl ihnen, sich hundert Meter von der Straße entfernt zu halten.

Oswald begab sich zusammen mit den anderen gehorsam zum Sammelplatz.

Er ging jedoch zwischen den Fahrzeugen hindurch und über den ganzen Platz bis zum westlichen Ende, folgte dort dem Hin und Her anderer Soldaten und gelangte so an ein nahe am Sammelplatz gelegenes Bauernhaus.

Er füllte an der Pumpe frisches Wasser in seine Wasserflasche und beschloß, zunächst einmal von seinen Proviantreserven etwas zu essen.

Die Amerikaner hatten inzwischen die Bewegungen und Konzentration der Soldaten am Rande des Sammelplatzes bemerkt, zogen einen Kordon und trieben die Männer vom Bauernhaus weg wieder auf den Sammelplatz zurück.

Oswald hatte sich zum Essen im Schutz des Gartenzauns, der das kleine Anwesen umgab, niedergelassen, so daß man ihn nicht gleich bemerkte.

Als er sich schon sicher war, daß man ihn übersehen hatte, kamen doch noch zwei amerikanische Soldaten, die das Haus durchsucht hatten, aus dem Haus heraus.

Einer von ihnen, ein etwa 18-jähriger Junge, kam um den Gartenzaun herum, entdeckte Oswald und forderte ihn auf, ebenfalls zum Sammelplatz zurückzugehen.

Zur Erleichterung seines Gepäcks entschied Oswald, den schweren Mantel liegen zu lassen und machte sich folgsam auf den Weg zurück zur Lagerwiese.

Er bemerkte, daß die Amerikaner die Männer, die an der Pumpe des Bauernhauses Wasser holen wollten, jetzt zu einem Trupp gesammelt hatten, den sie dann unter Bewachung eines amerikanischen Soldaten zur Pumpe hin und zurück zur Wiese führten.

Oswald ging zwar, wie es ihm befohlen worden war, auf die Wiese zurück, jedoch gleich wieder zwischen den Fahrzeugen hindurch auf die Straße zu. In einiger Entfernung von dem schwarzen Soldaten, der ihn schon einmal zurückbeordert hatte, gelang es Oswald, unbemerkt auf die Straße zu kommen.

119

Kurzerhand kletterte er auf das nächste heranrollende Fahr-
zeug. Es war ein mit einem roten Kreuz gekennzeichneter Sa-
nitätstransportwagen, in dem aber ausgerechnet nur SS-Leute
saßen.
Oswald hatte keine Wahl. Er war froh, weiter zu kommen, und
schaffte in der durch seine Anwesenheit etwas schweigsamen
Gesellschaft auch eine gute Strecke bis kurz vor Linz.
Da wurde schließlich auch das Sanitätsfahrzeug zu einem
Kraftfahrzeugsammelplatz auf einer Wiese eingewiesen.
Der Fahrer fuhr befehlsgemäß auf die Wiese, wendete aber
gleich.
In diesem Augenblick sahen die Männer, daß auf der Straße ei-
ne Sanitätskolonne an der Einfahrt zum Sammelplatz vorbei
und weiterfuhr.
Die Männer riefen ihrem Fahrer zu, sofort loszufahren und sich
ganz schnell in die Kolonne hineinzuschmuggeln, damit sie
weiter kämen.
Aber der Fahrer hatte offenbar nicht den Mut dazu. Er ließ die
Kolonne vorbeifahren. Die Gelegenheit zur Weiterfahrt war
verpaßt.
Oswald nahm sein Gepäck und verließ das Sanitätsfahrzeug.
Zu seiner Überraschung traf er auf Offiziere und Mannschaften
aus seiner Division, die sich, wie sie erzählten, ebenfalls mit viel
Glück vom ersten Sammelplatz bis hierher durchgemogelt hatten.
Oswald blieb nicht bei ihnen. Er ging von der Straße weg durch
das ganze Lager hindurch und hoffte, auf der der Straße abge-
wandten Seite des Lagers ins Gelände verschwinden zu können.

Es wurde bereits Abend, und er war sicher, daß die Bewachung
des Sammellagers in der Dunkelheit verstärkt würde. Die kalte
Nacht unter freiem Himmel, ohne jeglichen Schutz gegen Re-

gen und Kälte, wollte er möglichst nicht auf dem Sammelplatz verbringen.

An der Rückseite des Lagers standen Posten. Aber sie standen mehr links. Die rechte Seite schien ohne Bewachung zu sein, lag aber doch gerade noch im Blickfeld der Posten.

Hier an der rechten äußeren Ecke des Lagers hatten sich einige Soldaten zum Austreten wenige Schritte in das seitlich angrenzende und mit Buschwerk durchwachsene Gelände begeben.

Oswald tat so, als ob er ebenfalls diese Absicht habe und ging auf dieses Gelände zu, einmal etwas nach links, dann mehr nach rechts, anscheinend auf der Suche nach einem passenden Platz.

Er ging ganz langsam und gab sich den Anschein großer Müdigkeit, was ihm nicht schwer fiel, und strebte einem schräg rechts liegenden, mittelhohen Kornfeld und einem anstoßenden Weg zu. Der Weg führte ziemlich gerade in das nach etwa dreihundert Metern Entfernung etwas abfallende Gelände.

Oswald erreichte den Weg, ging langsam darauf weiter. Er sah sich kurz nach den Posten um, aber die Aufmerksamkeit der Bewacher war offenbar gerade durch andere Dinge abgelenkt.

Er ging nun schneller, sah sich nicht mehr um und hörte auch auf nichts mehr, bis er an die Senke kam und dann von dem nun schon weit zurückliegenden Sammellager nichts mehr zu sehen war.

Er erreichte einen kleinen Abhang. Unterhalb lag eine Kiesgrube, von der Feldbahngleise zu einigen weiter links liegenden Schuppen und Hütten führten.

In gerader Richtung war die Donau weithin sichtbar, deren Wasser sich an der Oberfläche scheinbar nicht bewegte.

Er stieg rasch den Abhang hinunter und folgte den Gleisen zu den Schuppen. Das Gebäude war eine Maschinendreherei und Schlosserei, wie auf einem leicht verrosteten Schild über dem Tor zu erkennen war. Das Tor war nicht verschlossen.

121

Oswald ging vorsichtig hinein. Seine Augen mußten sich erst an die Dunkelheit gewöhnen. Vorsichtig sah er sich die Räumlichkeiten an, konnte aber nichts Verdächtiges feststellen. Er war allein in dem Gebäude.

In einem kleineren, hinten gelegenem Raum stellte er seinen Rucksack und den Wäschebeutel unter einen Arbeitstisch.

Als Oswald sich aufrichtete und sich anschickte, in den größeren Werkstattraum zurückzugehen, öffnete sich das Tor plötzlich und ein Mann betrat die Werkstatt. Es war ein Zivilist, wie Oswald erkennen konnte.

Der Mann wunderte sich nicht über den Anwesenden und stellte auch keine Fragen. Er wies Oswald aber an, vorsichtig zu sein, da sich in einigen der Hütten zuweilen Amerikaner aufhielten.

Oswald dankte dem Mann für seinen Hinweis und begleitete ihn bis vor das Tor der Werkstatt hinaus.

Als sie in der Dämmerung ein Motorrad herankommen hörten, trennten sie sich rasch, und Oswald ging zurück in die Werkstatt.

In dem kleinen Raum, wo er unter dem Werktisch sein Gepäck deponiert hatte, aß er eine Kleinigkeit von der Verpflegungsration, die sie noch zuletzt bekommen hatten, und überprüfte dabei noch einmal seine Proviantreserven im Rucksack.

Später ging er vorsichtig hinaus vor das Werkstattgebäude, sah sich in der Dämmerung kurz nach allen Seiten um und horchte. Es war windstill und nichts zu hören. Das Gelände rings um die Gebäude war gerade noch zu erkennen. Oswald stieg den kleinen Damm hinauf, auf dem die Feldgleise weiterführten, um sich für seinen Weg in der Frühe des nächsten Tages zu orientieren. Er war noch nicht oben auf dem Damm angelangt, als er plötzlich Stimmen hörte und hastig in die Werkstatt zurückkehren mußte.

Dabei stieß er versehentlich irgendwie an ein senkrecht hängendes Blech, und ausgerechnet in dieser heiklen Situation ertönte ein lange nachklingender glockenähnlicher Ton, der ihn verriet.

Sofort war jemand außen vor dem Tor und rief: „Ist da jemand?"

Oswald entschied sich für die Flucht nach vorn, antwortete: „Jawohl!" und trat aus der dunklen Werkstatt hinaus vor das Tor.

Auf die von einem der beiden Amerikaner in erstaunlich gutem Deutsch gestellte Frage, was er hier machte, erklärte er, daß er in dem Gebäude Schutz für die Nacht gesucht habe und schlafen wolle.

„Ist Ihre Kompanie noch nicht hier?" fragte der Amerikaner.

„Ich weiß es nicht", entgegnete Oswald. Darauf wünschte der Amerikaner ihm eine gute Nacht, sein Begleiter nach einigem Zögern schließlich auch, und sie gingen, ohne ihn weiter zu behelligen.

Oswald atmete tief durch. Wenn man ihn jetzt wieder zurück zum Sammelplatz gebracht hätte, so dachte er nach kurzem Überlegen, hätte er sich wahrscheinlich damit abgefunden und einen neuen Versuch, sich auf eigene Faust durchzubringen, wohl nicht mehr unternommen.

Inzwischen war er so müde, daß er darauf verzichtete, nochmals auf den Bahndamm zu steigen, um seinen Weg für den nächsten Tag zu erkunden. Es war auch schon zu dunkel, um überhaupt noch etwas zu sehen.

Er hängte sich seine Wolldecke um, kletterte auf den Arbeitstisch im hinteren Raum, legte sich lang und schob sich den Wäschesack unter den Kopf.

Er war froh, daß er seinen Italien-Rucksack rechtzeitig vorbereitet hatte und an alle Dinge gedacht hatte, die er für den Alleingang, für den er sich nun entschieden hatte, brauchte.

Kein Geräusch störte ihn, und er schlief bald ein.

Oswald wurde wach von starkem Regen, der auf das Dach des Werkstattgebäudes prasselte.

Er erhob sich langsam, stieg von dem Arbeitstisch herunter und ging in den vorderen Raum.

Vorsichtig öffnete er das Tor.

Es war schon fast hell. Er sah in den Regen hinaus und zum Himmel und kam zu der Überzeugung, daß es nur ein heftiger, aber kurzer Schauer sein würde. Weit hinter der Gegend, wo der Sammellagerplatz lag, von dem leise Geräusche herüberdrangen, wurde der Himmel schon wieder hell.

Oswald zog aus der Brusttasche seiner Uniformjacke die Taschenuhr heraus. Sie zeigte nach dem Aufspringen des Deckels mit ihren schönen alten, schnörkeligen Zeigern an, daß es fast sechs war.

Sobald der Regen nachließ, wollte er sich auf den Weg machen. Was ihm Sorgen machte, war seine Uniform. Er besaß keine Zivilkleidung und überlegte, wie es eine Möglichkeit geben könnte, die Uniform gegen zivile Kleidung zu tauschen.

Nie hatte er die Uniform mit Stolz getragen. Jetzt wäre er in Zivilkleidung auf seinem Weg sicherer, könnte auch am hellen Tag durch die Ortschaften gehen. So aber würde er durch die Felder marschieren und um jede Siedlung einen weiten Bogen machen müssen.

Oswald klappte den Deckel der Uhr zu und strich mit dem Zeigefinger bewundernd über die stilgemäße Ziselierung, mit der das Gehäuse der alten Uhr verziert war.

Er dachte an den Vater, von dem die alte Uhr stammte, der, als Oswald erst neun Jahre alt war, an den Folgen einer im Weltkrieg 1914/18 erlangten Krankheit noch kurz vor dem Ende des Krieges gestorben war.

Er dachte an die tapfere Mutter, die damals über Nacht weißes Haar bekommen hatte, und die dann alles daran gesetzt hatte, jedem ihrer drei Kinder eine gute Ausbildung zuteil werden zu lassen.

Welche Sorgen hatte er selbst ihr verursacht, als er dann später im Alter von siebzehn Jahren den Wunsch geäußert hatte, die Schule zu verlassen und eine Ausbildung für die Offizierslaufbahn bei der Handelsmarine beginnen zu wollen.

Sie hatte seinem Wunsch schließlich nachgegeben, und er konnte auf dem Motorschiff „Kepler" als Schiffsjunge anheuern. Bis Ende Januar 1927 steuerte das Schiff von Bremen aus Häfen des Mittelmeeres an. Am 31.1.1927 aber erlitt das Schiff Schiffbruch und sank. Glücklicherweise konnte die gesamte Besatzung gerettet werden.

Den Seemannsberuf hing Oswald danach an den Nagel. Nur drei Monate hatte seine Zeit zur See gedauert.

Er hatte dann allen Eifer daran gesetzt, das Abitur in Abendkursen zu erreichen, was ihm auch gelang, und entschloß sich danach zum Studium der Geodäsie, um Vermessungsingenieur zu werden.

Auch das hatte die Mutter ihm ermöglicht, und er konnte in Graz und an der Technischen Hochschule Berlin studieren und den Abschluß als Diplom-Ingenieur machen.

Er dachte voller Stolz an die Mutter, die dann später mit dem Schicksal von Hans-Eberhard noch einmal hart geprüft worden war.

Oswald dachte auch an die Schwester, die inzwischen selbst Familie hatte und seit 1939 in Pommern lebte.

Vor zwei Jahren hatte er zuletzt von ihr selbst einen Brief bekommen.

Damals berichtete sie, daß ihr Mann, der auch einberufen worden war, in Rußland als vermißt gemeldet und sie mit den drei kleinen Kindern nun ganz auf sich selbst gestellt sei.

Die Mutter war dann zu ihrer Tochter gereist, um ihr und den Kindern beizustehen.

Den letzten Brief aus der Hand der Mutter hatte Oswald vor vier Monaten aus Pommern erhalten, aber der Brief war vier Wochen unterwegs gewesen.

Oswald machte sich inzwischen große Sorgen, denn auf seine Briefe, die er mal an die Adresse der Schwester, mal an die der Mutter gerichtet hatte, war seitdem keine Antwort mehr gekommen

Wo mochten sie sein, und wie mochte es ihnen gehen?

Oswald zwang sich, die sorgenvollen Gedanken zu verdrängen.

Der Regen hatte fast aufgehört. Oswald steckte die alte Uhr wieder an ihren Platz und ging zurück in den kleinen Raum, aß etwas von seiner Verpflegung und packte dann seine Sachen mit Sorgfalt zusammen.

Er hatte sich entschlossen, den Versuch, weiter nach Westen zu kommen, aufzugeben.

Die westliche Richtung war die der allgemeinen Rückzugsbewegung der militärischen Einheiten, die sich offenbar unter strengster Beobachtung durch die Amerikaner vollzog.

Er mußte weg von dieser Strecke und hatte den Entschluß gefaßt, den Weg nach Süden über das Tote Gebirge in die Steiermark einzuschlagen.

Es war ein Entschluß, der sein weiteres Leben sehr wesentlich beeinflussen würde. Er hatte nun den Willen, Martha aufzusuchen, um sie zu bitten, ihn in seine norddeutsche Heimat zu begleiten, um dort ein gemeinsames Leben aufzubauen.

Oswald nahm sein Gepäck auf. Er verließ die Werkstatt, stieg über den Gleisdamm hinweg, ging dann ein Stück am Damm entlang, um die nahe Straße zu überqueren. Er wollte versuchen, dann durch Feld- und Wiesengelände auf einen nach Süden führenden Weg zu kommen.

Oswald befand sich noch zwischen der Donau und der Reichsstraße, etwas östlich einer kleinen Ortschaft, in deren Nähe das Sammellager lag.

Dumpfe Motorengeräusche drangen jetzt von dort herüber, was ihn vermuten ließ, daß die Amerikaner nun die dort angesammelten Fahrzeuge mit ihren Insassen weitergeleiteten, möglicherweise in ein größeres Lager.

Er war froh, daß es ihm gelungen war, sich abzusetzen. Nachträglich bedauerte er es aber, nicht daran gedacht zu haben, sich aus der Divisionskartenstelle brauchbares Kartenmaterial mitzunehmen.

Die Feldbahngleise führten am Ende des Dammes auf Stützen zu einem stehenden Gewässer, das anscheinend nach und nach zugeschüttet werden sollte.

Oswald ging unter den Stützen hindurch und überquerte rasch über einen kleinen Steg einen von dieser Seite ziemlich frei einsehbaren Bachlauf.

Auf der anderen Seite säumte Buschwerk den Bach und bot Schutz.

Er entdeckte einen Weg, der zunächst im Bogen westwärts, dann aber geradewegs in die kleine Ortschaft hinein führte.

Trotz seiner Sorge wegen seiner Uniform riskierte er es, in den Ort hineinzugehen. Er nahm an, daß sich die Amerikaner weiter hinten am Sammellager konzentrierten. Sie hatten dort wahrscheinlich alle Hände voll zu tun, so daß Oswald annehmen konnte, ungefährdet durch den Ort zu kommen.

Von einem Ortsbewohner ließ er sich den kürzesten und besten Weg für die Überquerung der Reichsstraße erklären, ging dann, wie man es ihm gesagt hatte, am Ostrand des Dorfes erst auf einem Fußweg weiter und folgte dann einem schmalen Wiesenweg.

Im Schutz eines Gehölzstreifens am Rande eines Ackers und an einem Bach entlang gelangte er schließlich an einer verlassenen

127

und zerschossenen Flakstellung vorbei an die große Reichsstraße.

Auf der Straße war zu dieser frühen Morgenstunde noch wenig Verkehr.

In der Ferne sah Oswald von links ein Fahrzeug herankommen. Er überquerte rasch die Straße, solange das Fahrzeug noch weit genug entfernt war. Der schmale Fußweg führte ihn am Bach entlang bis zu der Unterführung einer Nebenstraße.

Im Schutz der Unterführung beobachtete er den in unverminderter Geschwindigkeit heran- und vorbeifahrenden Wagen.

An einer unfertigen Straßenbrücke rechts vorbei folgte Oswald einem Landweg und gelangte nach einigen hundert Metern an ein Bauernhaus, wo ihm eine freundliche ältere Bäuerin auf seine Fragen den weiteren Weg beschrieb.

Nach einem Marsch von etwa zwanzig Minuten durch das leicht hügelige Gelände fragte er an einem am Weg liegenden Gehöft nochmals nach dem Weg und bat um etwas zu trinken.

Der Bauer ließ ihm zwar Wasser geben, war aber mürrisch und abweisend und ließ Oswald spüren, daß er nicht willkommen war.

Oswald marschierte weiter. Am Rande eines kleinen Ackers hatte er eine kurze Unterhaltung mit einem dort arbeitenden etwa dreißigjährigen Bauern, der, wie er erzählte, erst vor kurzem vom Dienst bei der Wehrmacht heimgekehrt war. Der Mann berichtete davon, wie es ihm während dieser Zeit ergangen war und wie er nur mit viel Glück der Gefangennahme durch die Russen entkommen war.

Oswald wünschte ihm Glück für den Neuanfang, verabschiedete sich und zog weiter.

Der Mann hatte ihn gewarnt, daß er beim Weitergehen auf dem Napoleonsweg auf eine amerikanische Kontrollstelle stoßen würde.

So bog Oswald kurz danach zur Umgehung der Kontrollstelle auf dem Napoleonsweg nach links in ein Wiesengelände ab. Er kam an einigen Bombenkratern vorbei und erblickte nach einer Wegebiegung unvermutet auf einer Anhöhe ein Lager.

Weiter unten im Gelände wuschen sich an einem Gewässer einige Lagerinsassen. Es waren Franzosen, wie Oswald beim Näherkommen aus dem Klang ihrer Unterhaltung heraushörte.

Mit interessierten, neugierigen Blicken sahen sie ihm entgegen. Einer von ihnen meinte, spitzbübisch grinsend mit einem neidischen Blick auf den Italien-Rucksack, den Oswald auf dem Rücken trug, sein Gepäck sei ihm doch sicher zu schwer, er solle ruhig etwas zurücklassen.

Oswald hob beschwichtigend die Hand und ging ruhig und im übrigen unbehelligt an den Männern vorbei.

Er mußte zwischen den Lagergebäuden hindurch, dann an einem linkerhand gelegenen eingezäunten Gebäudevorplatz vorbei, an dessen Toreingang die Trikolore wehte.

Gleich darauf befand er sich auf einer festen Straße und ging in südwestlicher Richtung der Straße nach, die auf der rechten Seite von Wald begrenzt war.

Nach etwa zweihundert Metern setzte Oswald sich mit seinem schweren Gepäck erst einmal am Waldrand nieder, um auszuruhen.

Er überlegte, ob es nicht wegen der amerikanischen Streifen besser wäre, sich im Wald zu halten und durch den Wald weiterzugehen. Aber es hatte geheißen, die Amerikaner würden auf alles schießen, was sich im Wald bewegt.

In diesem Augenblick fuhren auf der Straße zwei amerikanische Wagen vorbei.

Oswald war sicher, daß die Amerikaner ihn bemerkt hatten, da sie zu ihm herüberschauten, aber sie fuhren weiter und kümmerten sich nicht um ihn.

129

Oswald blieb noch sitzen, hörte aber hinter sich im Wald ständig ein Knacken, so, als ob sich dort jemand aufhielte. Er sah in die Richtung, aus der das Geräusch kam, konnte aber nichts entdecken. Es war ihm unbehaglich, und es beunruhigte ihn, nicht zu wissen, ob nicht aus dem Wald hinter seinem Rücken irgendeine Gefahr drohte.

Er erhob sich schließlich und ging vorsichtshalber ein Stück weiter.

Nach etwa hundert Metern gelangte er an eine Stelle, wo ein Grasweg geradewegs in den Wald hinein führte.

Doch der Weg war zusammen mit dem Waldgrundstück mit einem hohen Maschendrahtzaun eingezäunt und abgesperrt.

Hinter dem Zaun jedoch, links unmittelbar am Weg in einer kleinen Senke, entdeckte Oswald zu seinem Erstaunen einen Personenkraftwagen.

Während Oswald noch überlegte, wie der Wagen wohl dorthin gekommen sein mochte, trat hinter dem Zaun ein Mann zwischen den Bäumen heraus. Er war Zivilist, mochte vielleicht achtundzwanzig Jahre alt sein.

Gleich darauf kam auch eine Frau dazu. Beide kamen dicht an den Zaun heran.

Auf seine erstaunte Frage erklärten sie ihm, daß sie auf Seitenwegen unterwegs gewesen seien und sich dann verfahren hätten. Zu allem Unglück spränge nun auch der Motor nicht an.

Sie fragten ihn, ob er ihnen helfen könnte, den Wagen durch den Zaun auf die Straße zu bringen und boten ihm dafür an, ihn dann ein Stück mitzunehmen.

Oswald war sofort bereit und fragte nach Werkzeug. Sie hatten nur eine einfache Flachzange im Wagen. Trotzdem dauerte es nicht lange, und Oswald hatte es geschafft, eine fast zwei Meter breite Lücke im Zaun zu öffnen. Er bog den Zaun noch ein Stück auseinander, ging hindurch und gemeinsam schoben sie den Wagen mit einiger Mühe auf den Weg und weiter auf die Straße.

Dort war es auf der etwas abschüssigen Straße ein Leichtes, den Motor zum Anspringen zu bringen. In dem vollbeladenen Wagen, in dem sich auch noch ein kleines Kind befand, wurde noch ein wenig Platz gefunden, wo Oswald sich mit seinem Gepäck hineinzwängen konnte.

Dann fuhren sie gemeinsam in südwestliche Richtung.

Wie Oswald unterwegs erfuhr, war der Mann Bahnhofsvorsteher in Wieselburg gewesen.

Aus Angst vor den Russen hatte er Wieselburg mit Frau und Kind verlassen und wollte nun mit seinem Wagen nach Grünburg an der Steyr zu Verwandten.

Bis Sierning kamen sie rasch und ungehindert vorwärts. Der Ort Sierning war jedoch stark von Amerikanern besetzt.

Es verursachte Oswald ein eigenartiges, beklemmendes Gefühl, als sie mitten durch amerikanische Fahrzeuggruppen und Soldatentrupps hindurchfuhren. Dem Mann am Steuer erging es nicht anders, und er fuhr ziemlich zaghaft.

Sie waren fast schon durch den Ort hindurch und an den meisten Amerikanern bereits vorbeigefahren, als plötzlich zwei amerikanische Posten auftauchten und sie anhielten.

Einer von ihnen sagte: „Go back!"

Der Mann am Steuer versuchte etwas zu erklären, aber der Amerikaner sagte mit einer abwehrenden Handbewegung in so befehlendem Ton nochmals „Go back!", daß der Mann nichts mehr entgegnete, seinen Wagen wendete und erst einmal wieder zweihundert Meter bis zu dem letzten auf der rechten Straßenseite liegenden Haus zurückfuhr.

Dort fragte er, erhielt aber keine klare Auskunft, wie er fahren könnte. Verzagt und unschlüssig kam er zum Wagen zurück.

Oswald erinnerte sich, vor dem Ort eine Wegkreuzung gesehen zu haben, von der ein Weg unterhalb des Ortes zu verlaufen schien. Er schlug vor, es über diesen Weg, der tiefer lag, nochmals versuchen und meinte, man müßte bis zu der Wegekreuzung vor dem Ort Sierning zurückfahren, dann rechts hinunter. Auf diesem Wege käme man vielleicht unterhalb des Ortes an Sierning vorbei.

Nach einigem Zögern ging der Mann auf den Vorschlag ein.

Sie kamen so tatsächlich östlich an Sierning vorbei, gerieten dann aber an eine Stelle, wo nach links ein breiter befahrbarer Feldweg abzweigte und die eigentliche Straße aber wieder zum Ort Sierning zurückführte. Dort aber würden sie dann mit Sicherheit wieder in eine Absperrung der Amerikanern geraten.

Ein junges Mädchen auf einem Fahrrad kam heran. Sie sprachen die etwa Siebzehnjährige an. Sie hielt kurz an, konnte ihnen aber keine Auskunft geben, da sie ortsfremd und ganz allein mit ihrem Fahrrad selbst auf der Flucht war und fuhr rasch weiter.

Oswald und seine Begleiter entschlossen sich, auf dem Feldweg weiterzufahren.

Es fuhr sich schlecht auf dem holperigen Weg und sie konnten nur sehr langsam fahren. Aber sie hatten Glück, denn der Feldweg mündete, weit genug vom Ort Sierning entfernt, wieder auf die Hauptstraße nach Grünburg. Nun ging es zügig vorwärts.

Erst zögernd, dann aber bestimmter, erklärte der Mann Oswald, daß er Bedenken habe, einen Soldaten in seinem Zivilfahrzeug zu befördern.

Oswald begriff, daß er für den Mann und seine Familie eine Gefahr bedeutete und stieg dann bei Waldneukirchen, etwa sechs Kilometer vor Grünburg, mit seinem Gepäck aus.

Links der Straße floß tief unten in der Schlucht die Steyr. Oswald war froh, sie östlich von sich zu haben, denn er vermutete die Russen auf der anderen Seite des Flusses.

Er ging ein kleines Stück die Straße zurück bis zu einem Anwesen und bat dort um etwas zu trinken. Er wurde mit Most bewirtet.

Er ging dann um das Haus herum, durch die Hofeinfahrt hindurch und suchte sich einen Platz in einem Holzlagerschuppen. Hier konnte er von etwa auf der Straße vorbeifahrenden amerikanischen Streifen nicht gesehen werden.

Er legte sein Gepäck ab, setzte sich auf den trockenen Boden, mit einem Holzstapel im Rücken als Lehne und begann zu essen.

Ein Mann trat aus dem Haus, kam zu ihm herüber in den Holzschuppen und brachte ihm zur Stärkung einen hausgebrannten Schnaps.

Er war Soldat, wie er erklärte, trug aber inzwischen Zivilkleidung.

Er stammte aus dem Rheinland, hatte hier bei dem Tischlermeister vorübergehend eine Bleibe gefunden und half dafür im Betrieb, soweit es in dieser Zeit Arbeit gab.

Nachdem Oswald gegessen hatte und sich eine Weile mit dem Rheinländer unterhalten hatte, brach er auf und zog bei heißem Sonnenschein auf der Hauptstraße weiter in Richtung Grünburg.

Ein Mann, der einen Handwagen hinter sich her zog, hatte denselben Weg.

Oswald fragte ihn, ob er sein Gepäck mit auf den Wagen legen dürfte.

Der Mann war ein französischer Kriegsgefangener, wie sich herausstellte, der nun nach Abzug der Deutschen sich selbst überlassen war.

Der Franzose nickte und ermunterte Oswald, sein Gepäck auf den Wagen zu legen, sichtlich erfreut, für eine Strecke des Weges Gesellschaft zu haben.

Als Oswald sich in Grünburg von ihm trennte, lehnte der Franzose die Zigaretten ab, die Oswald ihm als Dank geben wollte.

In Ober-Grünburg ging Oswald an einer Straßenkreuzung in ein Haus hinein, bat die Leute um etwas Wasser und erkundigte sich, ob der Ort von Amerikanern besetzt wäre und wie er am besten weiter käme.

Die Leute waren zunächst zurückhaltend, vorsichtig und nicht sehr gesprächig, wohl auch, weil seine norddeutsche Aussprache sein Fremdsein noch unterstrich. Hinzu kam, daß Oswald noch die Uniform trug.

Es war ihm schon unterwegs aufgefallen, daß Leute, denen er in der Nähe von Siedlungen begegnet war, ihm auswichen oder rasch in den Türen ihrer Häuser verschwanden.

Andere waren in geduckter Haltung mit ängstlichen Blicken aus den Augenwinkeln rasch an ihm vorbeigehuscht, ohne daß er sie hätte ansprechen können.

Sie waren verunsichert. Das Freund-Feindbild war durcheinander geraten, nachdem sich weder der eine noch der andere als beständig erwiesen hatte. Wer war nun Freund und wer Feind? Dies herauszufinden, dazu hatten die Leute noch keine Gelegenheit gehabt.

Für manch einen Bewohner dieser kleinen Häuser mochte auch eine ganze Weltanschauung zusammengebrochen sein, und der saß nun hinter seinem Ofen, die Hände vor den Augen, grübelte und fürchtete sich davor, seinem Nachbarn in die Augen zu sehen, so dachte Oswald, und er hatte Verständnis für die Zurückhaltung der Leute ihm gegenüber.

Oswald hatte plötzlich das Bedürfnis, mit den Leuten zu reden, und sie wurden allmählich zugänglicher, besonders der Mann, als Oswald davon zu erzählen begann, wie die Soldaten doch von der militärischen Führung verraten worden seien, ganz abgesehen vom Betrug der politischen Führung.

Der Mann hörte interessiert zu, als Oswald berichtete, daß es in seinem Divisionsabschnitt auf einer Breite von achtzehn Kilometern achtunddreißig schwere und mittlere Geschütze und fünfzig Panzer gegeben hatte und daß sie auch einige deutsche Jagdflieger in der Nähe gehabt hätten.

Eine andere Division sei dann noch in den Abschnitt hineingeschoben worden, so daß der Abschnitt seiner Division nur noch neun Kilometer betrug.

Man sei der Meinung gewesen, daß der Abschnitt zu halten gewesen wäre.

Trotzdem sei am 7. Mai der Befehl zum Absetzen gegeben worden.

Andererseits sei den Soldaten angesichts der zahlreichen Fälle von Fahnenflucht aufgrund der Wehrmachtsberichte über die Gesamtlage erzählt worden, der Russe befürchtete, daß die Deutschen und die Amerikaner gemeinsame Sache gegen ihn machen würden und sich demzufolge die Russen in nordöstliche Richtung zurückgezogen hätten.

Dieses Märchen sei nur mit dem Ziel verbreitet worden, um die Männer zu halten.

Es sei weiter behauptet worden, der Amerikaner befände sich in ständigem Näherrücken und müßte wohl etwa zwanzig Kilometer westlich von ihrem Standort Loosdorf stehen.

Tatsächlich aber sei der Amerikaner nur bis Amstetten vorgestoßen und dann dort stehengeblieben. Ferner war er im Ennstal schon weit vorgestoßen, was sie infolge der bereits mehrere Tage vorenthaltenen Wehrmachtsberichte nicht gewußt hätten.

Schließlich sei es so gewesen, daß der Russe auf ihrem linken Flügel bei der benachbarten Division bis Scheibbs weit in das Hinterland der Front vorgestoßen war und ihnen damit ihre südwestliche Rückzugsstraße abschnitt, so daß sich seine Division in aussichtsloser Lage befunden habe und jeder weitere Kampf sinnlos gewesen wäre.

Plötzlich hätten sich dann hohe Offiziere bei der Divisionskartenstelle für Karten von weit westlich gelegenen Gebieten interessiert, und ein hoher Offizier habe sogar um einen Armeepassierschein nach Konstanz nachgesucht.

Oswald erzählte diese Dinge nicht, um den Mann freundlich zu stimmen, obwohl sein Bericht diese Wirkung hatte.

Oswald fand vielmehr hier erstmals Gelegenheit, seiner Empörung über die Verantwortungslosigkeit der Offiziere Luft zu machen und seinem Entsetzen darüber Ausdruck zu geben, wie man durch bewußte Falschmeldungen die Truppen in eine solche absolut hoffnungslose Situation regelrecht hineinmanövriert hatte.

Überdies, so berichtete Oswald weiter, habe man der Bevölkerung des aufgegebenen Gebietes bis zuletzt gesagt, daß man bleiben und das Gebiet halten würde, anstatt der Bevölkerung nahezulegen, sich rechtzeitig in Sicherheit zu bringen.

Der tatsächliche Rückzugsbefehl am Kapitulationstag sei dann so kurzfristig erfolgt, daß die nicht motorisierten deutschen Einheiten nicht schnell genug zurück konnten und dadurch größtenteils in Gefangenschaft gerieten.

Der Mann berichtete, daß Ober-Grünburg am Vortag, also am 8. Mai, von Franzosen besetzt gewesen sei, heute jedoch frei wäre.

Er empfahl Oswald für den weiteren Weg, besser über die Steyr hinüber auf die Ostseite der Steyr zu gehen und dort auf dem Bauernweg weiter zu marschieren.

Der Bauernweg sei sicherer als die ständig befahrene Hauptstraße, und es sei dort wohl auch nicht mit amerikanischen Kontrollposten zu rechnen.

Oswald dankte den Leuten und brach auf.

Der Mann, inzwischen fast kameradschaftlich freundlich, geleitete ihn noch bis zur nächsten Straßenecke.

Im Ort führten Treppen zur Steyr hinunter. Oswald stieg mit frischen Kräften die Stufen hinab, überquerte die Steyr auf der hohen Holzbrücke und stieg auf der anderen Uferseite den Hang wieder hinauf.

Bald danach begegnete er einem jungen kriegsbeschädigten Heimgekehrten, der ihn zu einem kleinen Bauernhaus brachte.

Oswald ging über den rückwärtigen Eingang in das Haus hinein und nicht von der Straßenseite her, weil er immer noch fürchtete, von vorbeifahrenden Amerikanern entdeckt und aufgegriffen zu werden.

Er wurde freundlich aufgenommen.

Die junge Frau, die ihn einlud, sich zu setzen und auszuruhen, konnte ihm berichten, daß in dem Ortsteil östlich der Steyr nur sechs Amerikaner lägen. Sie wunderte sich, daß er ihnen nicht begegnet sei.

Sie fragte ihn auch, ob er nicht in seinem Soldbuch einen Stempel vom Gemeindeamt hätte, um frei passieren zu können.

Oswald verneinte. Er wußte nicht, daß es diese Möglichkeit gab.

Als er um etwas zu trinken bat, brachte sie ihm eine reichliche Portion von einem guten Most.

Sie meinte auch, wenn er den Bauernweg weitergehen würde, daß er dort von Amerikanern wohl nichts zu befürchten haben würde.

Oswald zog dann bald darauf weiter.

Unterwegs begegnete er einer älteren Frau, die ihn angesichts seiner Uniform ansprach. Sie sei aus Niederösterreich vor den Russen hierher geflohen, so erzählte sie.

Sie redete ohne Unterbrechung, und Oswald hatte das Gefühl, daß sie glücklich war, jemanden gefunden zu haben, bei dem sie sich alles von der Seele reden konnte.

Oswald hörte zu, war aber in Gedanken schon weit voraus auf seinem weiteren Weg.

Als sie ihn schließlich weiterziehen ließ, merkte er, daß er aus ihrem ganzen Redeschwall nur einen Satz tatsächlich mitbekommen hatte, mit dem sie sagte, daß sie trotz allem Nationalsozialistin bliebe. Zum Abschied hatte sie ihm noch empfohlen, sein Militärzeug gegen Zivilkleidung umzutauschen und ihn auf ein etwas höher gelegenes Bauernhaus hingewiesen. Die Bauersleute seien recht wohlhabend dort und hätten schon dreiundzwanzig Soldaten mit Zivilzeug versorgt.

Oswald dankte für den Hinweis und zog weiter.

Schon etwas müde kam er schließlich bei diesem Bauernhof an.

Die Bäuerin, die gerade auf dem Weg vom Stall zum Haus war, sah ihn herankommen und lud ihn ohne viele Worte ein, ins Haus zu kommen, schob ihm in der Küche einen Stuhl zu und forderte ihn auf, sich zu setzen und sich ein wenig auszuruhen. Dann schnitt sie von einem dicken frischen Bauernbrot eine große Scheibe herunter, tat reichlich Butter darauf und servierte ihm dazu ein großes Glas Milch.

Oswald zögerte noch, während er mit Heißhunger die ihm gebotene Mahlzeit verzehrte, aber schließlich traute er sich doch, sie nach Zivilkleidung zu fragen.

Sie lachte kurz über seine Schüchternheit, mit der er sein Anliegen vorbrachte und erzählte, daß sie wirklich schon etwa zwanzig Soldaten eingekleidet hätten.

Nur drei Soldaten hätte sie nichts geben können, weil sie zu groß gewachsen waren und ihnen nichts gepaßt hätte.

Es wäre nun auch nicht mehr viel da, aber sie wollte nachsehen, und meinte, daß sich sicher für ihn noch irgend etwa Passendes finden lassen würde.

Sie ging und brachte dann kurz darauf eine blaue Wollweste, normale Zivilhosen und ein dünnes blau-gestreiftes Hemd mit kurzen Ärmeln und legte alles vor Oswald auf den Tisch.

Nun, besser als nichts, dachte Oswald und zog sich um. Die Sachen paßten.

Das Geräusch der Haustür veranlaßte die Bäuerin dazu, ihn vorsichtshalber mitsamt seinem Gepäck und den ausgezogenen Uniformsachen ins Nebenzimmer zu verfrachten.

Glücklicherweise war es aber blinder Alarm und kein kontrollierender Amerikaner, sondern der Bauer.

Oswald ließ nun seine erst vor wenigen Wochen in Empfang genommene ganz neue Uniform mit Koppel und seine ebenso neue Mütze zurück, so daß er als hundertprozentiger Zivilist heraustrat und man allenfalls wegen seines Spezialrucksacks und seiner Stiefel einen Soldaten in ihm vermuten konnte. Sein Kochgeschirr, das auch vielleicht verräterisch auffallen könnte, fand noch im Rucksack Platz.

Er zog dann weiter. Die Leute, denen er unterwegs begegnete, waren recht freundlich und unterhielten sich auch mit ihm. Aber es drängte ihn, vorwärts zu kommen, denn er hatte sich vorgenommen, zu Pfingsten in der Steiermark zu sein, um das Pfingstfest gemeinsam mit Martha zu verbringen.

Etwa fünf Kilometer südlich von Ober-Grünburg machte er dann an einem kleinen gepflegten Landhaus halt und bat den Besitzer des Hauses, bei ihm übernachten zu dürfen.

Der Mann sagte, er könne aber nur auf dem Heuboden schlafen. Oswald war auch darüber froh und dankbar.

Später forderte der Mann ihn auf, zu ihm in den Garten zu kommen und ihm auf der Bank Gesellschaft zu leisten.

Er unterhielt sich mit Oswald über alle möglichen Dinge, so, als ob sie sich bereits lange Zeit kennen würden, und Oswald vergaß fast die Zeit und die Situation, in der er sich befand.

Blumen und ein paar Obstbäume blühten in dem gepflegten Garten. Bienen summten zwischen den Blüten und dem hinten im Garten stehenden Bienenhaus hin und her.

Er hörte das Summen, schloß die Augen und erinnerte sich an die Obstwiese, die die Mutter vor vielen Jahre von mühsam erspartem Geld erworben hatte, in der er als Knabe oft träumend unter einem blühenden und von Bienen summenden Obstbaum gelegen hatte.

Oswald ging ein Stück den Gartenweg entlang und freute sich am Anblick der Blumen. An einer Stelle mit Maiglöckchen bückte er sich hinunter, um den Duft aufzunehmen und konnte nicht umhin, die Hand auszustrecken und die kleinen zarten Glöckchen zu berühren.

Es wurde ihm dabei bewußt, daß er erst jetzt nach langer Zeit wieder fähig war, diese Dinge in ihrer Schönheit wahrzunehmen, und er hatte das Gefühl, etwas lange entbehrt zu haben.

Oswald genoß das Gefühl, unbeschwert zu sein. Er wünschte sich, nach diesen verlorenen Jahren endlich ein eigenes Zuhause zu haben, ganz gleichgültig, ob es nun in seiner norddeutschen Heimat oder irgendwo an einem anderen Ort wäre. Mit dem Zuhause müßte zweifellos dieses wohlige Gefühl, das er jetzt empfand, verbunden sein.

Später kamen zwei Soldaten vom Weg zum Haus herauf. Der Mann gestattete auch ihnen die Übernachtung auf dem Heuboden, ermahnte sie scherzend, sich zu dritt dort oben zu vertragen und nicht im „Bett" zu rauchen und lud schließlich alle drei zum Abendbrot in sein Haus ein.

Oswald empfand wohlige Behaglichkeit, ein Gefühl, das er lange Zeit nicht gespürt hatte und freute sich an der Gepflegtheit eines nett gedeckten Tisches.

Der Mann war in seinem Benehmen etwas linkisch und unbeholfen. Aber man merkte ihm an, daß er eine gewisse Bildung besaß. Er war außerordentlich freundlich, fast herzlich, und bemühte sich, ein guter Gastgeber zu sein und es seinen Gästen an nichts fehlen zu lassen.

Nach dem Abendbrot gingen die Männer dann in der Dämmerung noch in den Garten, rauchten und unterhielten sich.

In der Ferne sahen sie trotz der Dämmerung vom Gebirge her Trupps von Soldaten den am Garten vorbeiführenden Weg herunterkommen.

Sie hatten Packpferde bei sich und wollten offensichtlich die Dunkelheit ausnutzen, um möglichst unbemerkt an den amerikanischen Kontrollposten vorbeizukommen.

Eine Volksdeutsche aus Montenegro, die im Hause des Mannes arbeitete und jetzt auch in den Garten gekommen war, ging zum Weg hinunter und warnte die Soldaten, weiter zu ziehen.

Sie erklärte ihnen, die Amerikaner hätten eine zeitliche Ausgangssperre verhängt und das nächtliche Marschieren sei in dieser Zeit verboten.

Aber die Soldaten zogen trotzdem weiter, jeder einzelne ganz offenbar getrieben von dem Wunsch, so rasch wie möglich nach Hause zu kommen.

Bald darauf verabschiedete sich Oswald von dem Hausherrn, bedankte sich bei ihm und ließ ihn wissen, daß er sehr zeitig am nächsten Morgen weitergehen würde. Dann zog sich Oswald zusammen mit den beiden Soldaten auf den Heuboden zurück.

Am Morgen des 10. Mai stand Oswald schon um halb fünf Uhr auf. Es war noch dunkel draußen. Leise, um die beiden anderen nicht zu wecken, suchte er seine Sachen zusammen und verstaute alles sorgfältig in seinem Rucksack.

Er wollte früh starten, weil er eine eventuelle Behelligung durch Amerikaner um diese Zeit für unwahrscheinlich hielt und er daher gut voran kommen würde. Diese Zeit wollte er nutzen.

Während ringsherum alles noch schlief, kletterte Oswald mit seinem Gepäck vorsichtig die steile Stiege vom Heuboden hinunter. Er überquerte den Hof und ging am Haus vorbei den Weg durch den Garten zur Straße hinab.

Das erste Morgenlicht gab ihm genug Sicht, um wenig später den Pfad zum Steyr-Tal hinunter zu finden.

Unten in dem tief eingeschnittenen Flußtal war es ziemlich frisch. Oswald ging mit kräftigen Schritten auf dem Ostufer des Flusses in südliche Richtung.

Er war froh gestimmt an diesem Morgen. Vogelstimmen waren vereinzelt zu hören. Es war, als ob sie ihre feinen Stimmchen erst einmal probeweise erklingen ließen, zaghaft noch, und sie sangen noch nicht ihre volle Melodie. Mit zunehmendem morgendlichen Licht wurden sie mutiger. Mehr und mehr kleine Sänger stimmten in das Gezwitscher ein, und bald waren die einzelnen Stimmen schon nicht mehr deutlich herauszuhören.

Noch lag eine dünne Schicht von nebeligem Dunst auf der Oberfläche des Flusses, aber allmählich stiegen die Schwaden auf, wurden dünner und die Steyr zeigte sich hier und da schon in smaragdgrüner Farbe.

Der Himmel war noch ein wenig verhangen, aber Oswald glaubte, daß es ein schöner, sonniger Tag werden würde.

Der Weg führte ihn nach einiger Zeit vom Wasser weg und allmählich ansteigend wieder den Osthang hinauf.

Kurz danach gelangte Oswald an ein Bauernhaus, wo gerade einige Landser rasteten und die Leute im Haus nach den Wegeverhältnissen fragten.

Auch Oswald erkundigte sich kurz nach dem weiteren Weg, ob mit Amerikanern zu rechnen sei und wanderte dann gleich weiter. Er ging nun etwas langsamer, denn das Gepäck wurde ihm schon schwer.

In einer Linkskurve machte er in einem mit einzelnen Bäumen bestandenen Wiesengelände neben einem halbfertigen Heuschuppen Rast und setzte sein Gepäck auf einem Stapel Rundholz ab.

Er zog es vor, sich oben auf dem Holzstapel in der Sonne eine Stelle zu suchen, wo er sich, mit dem Oberkörper gegen den Rucksack gelehnt, lang ausstrecken konnte, denn das Wiesengras unter den Bäumen war noch feucht.

Oswald war zuversichtlich. Er war nun schon ziemlich weit vom Donautal, der Hauptrückzugsstrecke, entfernt und war jetzt davon überzeugt, daß er den Weg in die Steiermark schaffen würde.

Nur wenige kleine Wolken waren noch am Himmel. Die Sonne wärmte schon wohltuend.

Er lehnte sich zurück und beobachtete gegen das Blau des Himmels ein Bussard-Pärchen, das sich in gegeneinander gezogenen Kreisen ohne einen einzigen Flügelschlag im Spiel mit dem Wind höher und höher in den Himmel hinaufschraubte. Bald sah er nur noch zwei schwarze Punkte, die dann in östliche Richtung wegdrifteten.

Als Oswald aufbrechen wollte, kamen zwei junge Soldaten den Weg herauf.

Sie sprachen ihn an, und im Gespräch stellten sie fest, daß sie in die gleiche Richtung wie Oswald marschieren wollten. Die Männer gaben St. Johann in Tirol als ihr Ziel an.

Die beiden Tiroler und Oswald beschlossen, zu dritt weiter zu marschieren.

Der Weg führte sie zu einem links des Weges liegenden Tagelöhnerhaus, in dem sie erneut nach dem Weg und nach eventuellen Kontrollposten fragten. Die junge Frau, die sie ansprachen, wollte gerade fortgehen, ging daher ein Stück des Weges mit ihnen und zeigte ihnen dann den weiteren Weg.

Eine Brücke führte über ein tief eingeschnittenes Bachbett. Kurz danach kamen die drei Männer an eine Wegekreuzung, die sie in südliche Richtung überquerten.

Gleich nach der Wegekreuzung auf der rechten Seite erhielten sie an einem Haus etwas Most zu trinken, der bei dem inzwischen heißen Wetter herrlich erfrischend war.

Die beiden jungen Soldaten bekamen Zivilzeug, wofür sie ihr Nähzeug und sonstige mögliche Tauschartikel hergaben.

Sie zogen dann unter heißer Sonne weiter.

Weil Oswald mit seinem schweren Gepäck etwas langsamer ging, erbot sich einer der jungen Tiroler, ihm den Wäschebeutel zu tragen. Oswald ging darauf ein.

Ein Slowene gesellte sich zu ihnen. Er marschierte gänzlich ohne Gepäck.

Zu viert zogen sie nun weiter, überquerten nochmals ein eingeschnittenes Bachbett über eine schmale Brücke, gingen dann etwas bergan rechts um einen Bauernhof herum und durch ein Waldstück. Plötzlich standen sie nach einer Rechtsbiegung vor einer Holzbrücke über die Steyr, die sie überqueren mußten, um zu der Straße auf dem Westufer zu gelangen.

Die Männer blieben zunächst stehen und beobachteten die Brücke, ob eventuell Posten dort standen. Aber es war niemand zu sehen.

Sie gingen über die Brücke, mußten dann aber auf der Fahrstraße weitergehen, da das westliche Ufer der Steyr steil und felsig abfiel und unpassierbar war.

Manchmal, wenn die Straße dicht an der Kante des Abhangs entlang führte, konnte man tief unten in der Schlucht die Steyr sehen.

Smaragdgrün war das Wasser, und an manchen Stellen, wo sich der Fluß recht wild gebärdete, mischte sich das Grün mit wild schäumendem Weiß.

Oswald wäre gerne stehengeblieben, um das Bild dieser wildromantischen Landschaft bestaunen zu können, aber sie mußten rasch weitergehen, um möglichst bald wieder die Hauptstraße verlassen zu können. Sie fürchteten, auf der Straße hinter jeder Biegung einem Kontrollposten in die Arme laufen zu können.

Sie kamen an eine Bahnüberführung und gingen gleich danach quer über eine Wiese den Hang etwas hinauf und gelangten oberhalb der Wiese auf einen Fußweg, der sie weiter nach Süden führte.

Bald danach trafen sie auf einen Bauernhof und zogen aber, nachdem der Bauer recht unfreundlich reagierte, gleich weiter zum nicht weit entfernt liegenden Nachbarhof, der sich als eine ländliche Gaststätte erwies.

Zu ihrem Bedauern mußten sie jedoch feststellen, daß die Gaststätte geschlossen war. Nichts deutete auf die Anwesenheit von Leuten hin.

Sie zogen hinter das Haus, um von der Straße her nicht gesehen zu werden und ließen sich hinter dem Haus im Gras nieder. Von der Pumpe holten sie sich Wasser, wuschen sich die verschwitzten Gesichter und aßen von ihrer Verpflegung.

Der Slowene, der nichts hatte, wurde mit versorgt. Sie zogen ihre Schuhe und Strümpfe aus, um die schweißnassen Strümpfe in der Sonne trocknen zu lassen und den strapazierten Füßen etwas Luft zu gönnen. Sie streckten sich im Gras aus, versuchten, etwas zu schlafen, aber das grelle Sonnenlicht war hinderlich.

Wenigstens etwas ausgeruht zogen sie nach einer Weile weiter, mußten aber die Fahrstraße benutzen.

Nachdem sie auf der Straße eine gute Strecke marschiert waren, gelangten sie an eine große Straßengabelung. Die Straße, auf der sie gingen, mündete hier in die größere und stärker befahrene Hauptstraße, die vom Pyhrnpaß herunter über Klaus und Kirchdorf nach Wels führte.

Aus südlicher Richtung, von Klaus her, kamen zahlreiche Fahrzeuge und bogen dann nach links in nordwestliche Richtung nach Kirchdorf ab.

Die Männer beobachteten den Verkehr eine ganze Weile. Es waren ausschließlich deutsche Fahrzeuge.

Sie gingen dann weiter, notgedrungen auf der großen Straße, wobei sie ständig auf der Hut vor den ihnen entgegenkommenden Fahrzeuge sein mußten.

Der junge Tiroler hatte sich wieder angeboten, für Oswald den Wäschebeutel zu tragen.

Es war heiß, und sie kamen nur langsam voran.

An einem links der Straße gelegenen Haus machten sie nochmals kurze Rast und erfrischten sich an der Pumpe.

Unbehelligt kamen sie durch den Ort Klaus und zogen mit häufigem Rasten auf der Hauptstraße weiter südwärts.

In einer Rechtsschleife der Straße gab es einen Kontrollpunkt der Amerikaner, der stark besetzt war.

Man beachtete die vier Fußgänger jedoch nicht. Einerseits war den Männern jetzt sehr von Nutzen, daß sie Zivilkleidung trugen, andererseits mußten die Amerikaner ihre Aufmerksamkeit den Fahrzeugkolonnen widmen.

Die beiden jungen Soldaten hatten jetzt ein etwas schnelleres Marschtempo vorgelegt und waren um einiges voraus hinter einer Straßenbiegung verschwunden.

Oswald und der Slowene fanden eine Abkürzung und überholten so die beiden auf der Straße marschierenden Männer und konnten sich hinter der Kurve auf einem Holzstapel etwas ausruhen, während sie auf die beiden anderen warteten.

Es ging auf den Abend zu, und sie mußten versuchen, einen geeigneten Platz zum Übernachten zu finden.

Sie wollten möglichst noch bis auf die abzweigende Seitenstraße kommen. Am anderen Tag wollten sie dann versuchen, über den Gebirgspaß, den Salzsteig und von Oberösterreich zur Steiermark hinüber zu gelangen. So marschierten sie weiter auf der Hauptstraße.

Die Sonne stand nun niedriger und würde bald hinter den Bergkämmen verschwinden. Es war jetzt nicht mehr so heiß wie am Tage. Im Schatten der Bergwände war es sogar schon so kühl, daß Oswald leicht fröstelte und er kurz stehenbleiben und den Rucksack absetzen mußte, um sich die Wollweste anzuziehen.

Das Tal wurde enger. Rechts der Straße begann unmittelbar eine Steilwand. Links der Straße erstreckte sich ein schmaler Wiesenstreifen bis zum Steyr-Fluß und jenseits des Flusses erhob sich wiederum eine Bergwand.

Auf der staubigen Straße rollten ununterbrochen die Fahrzeuge, eines nach dem anderen. Die Fahrer fuhren rücksichtslos.

Oswald war erschöpft. Er hatte das Gefühl, daß sich wohl kein Mensch um ihn kümmern würde, wenn er vor Schwäche umfallen oder eines der Fahrzeuge ihn streifen und zu Boden werfen würde. So schleppte er sich weiter.

Die Männer stellten fest, daß in den vorbeirollenden deutschen Fahrzeugen auch häufig junge Mädchen mitfuhren, meist in Zivil, einige jedoch auch in ihren Uniformen.

Oswald und der Slowene gingen nun etwas voraus. Die anderen beiden hatten eine zusätzliche Rast eingelegt und waren zurückgeblieben.

Oswald und sein Begleiter erreichten eine Straßenabzweigung, wo eine der Straßen durch ein Seitental zum Godingspaß führte. Die andere, kleinere Straße folgte der Steyr aufwärts.

Sie beobachteten, daß auf der Straße, die sie zum Godingspaß geführt hätte, mehr Amerikaner patrouillierten.

Oswald war wegen des Weges unsicher. Er befürchtete Schwierigkeiten sowohl beim Vorwärtskommen als auch bei der Suche nach einer sicheren Übernachtungsmöglichkeit.

Nach kurzem Überlegen entschied er sich dafür, den amerikanischen Posten möglichst aus dem Weg zu gehen

So bogen sie gleich in die kleinere Seitenstraße ein, die an der Steyr entlang verlief.

Ein Mann mit einem Korb auf dem Rücken und einer Sense in der Hand kam ihnen entgegen. Er mochte unterwegs sein, um frisches grünes Gras für sein Vieh zu schneiden.

Oswald wurde sich bewußt, daß er auf seinem bisherigem Weg nicht ein einziges Stück Vieh auf den schon saftig grünen Wiesen gesehen hatte. Vielleicht war es jahreszeitlich noch zu früh, doch wäre es bei der herrlich warmen Witterung durchaus schon möglich gewesen, das Vieh auf die tiefer gelegenen Weiden zu lassen.

Vielleicht hatten aber auch die Leute, bedingt durch die Notzeiten, die sie wohl alle hatten durchmachen müssen, schon gar kein Vieh mehr. Es war aber auch möglich, daß die wenigen Tiere, die sie vielleicht noch besaßen, aus Angst vor Diebstählen gut bewacht in den Ställen gehalten wurden.

Der Mann grüßte freundlich. Oswald sprach ihn an und fragte ihn, ob es in der Nähe vielleicht eine Möglichkeit zum Übernachten gäbe.

Der Mann überlegte nur kurz und erwähnte eine verfallene alte Mühle, die wohl geeignet wäre. Er deutete mit der Hand in die Richtung, aus der er gekommen war und meinte, sie müßten nur immer der Straße nach gehen, dann würden sie sie schon finden. Es sei aber noch ein recht weiter Weg.

Oswald dankte ihm und zog mit dem Slowenen weiter in die beschriebene Richtung.

Nach wenigen hundert Metern machten sie Rast und warteten auf ihre beiden anderen Wegkameraden, aber sie kamen nicht.

Möglicherweise hatten sie sich an der Straßengabelung trotz der Amerikaner für die andere Strecke entschieden.

Oswald trauerte einen kurzen Augenblick seinem Wäschebeutel nach, den einer der beiden getragen hatte und den er nun wohl nicht mehr wiedersehen würde. Der Verlust ließ sich verschmerzen. Den Wäschebeutel konnte er entbehren, das Notwendigste hatte er ohnehin im Rucksack.

Sie folgten der Seitenstraße an der Steyr entlang, und beschlossen, nur noch bis zu der alten Mühle zu gehen, die ihnen der Einheimische beschrieben hatte, um dort zu übernachten.

Es war eigentlich Oswald, der dies entschied, denn der Slowene nickte nur und war anscheinend bereit, alles mitzumachen, was Oswald für richtig hielt.

Der Weg führte im engen Felstal in Windungen hin und her, so daß sie fast die Orientierung verloren. Rechts unmittelbar an der Straße erhob sich die steile Felswand, links von der Straße gab es eine ziemlich abschüssige kurze Böschung mit Steingeröll, dann schloß sich die tosende Steyr mit einer Breite von immerhin noch etwa fünfundzwanzig bis dreißig Metern an. Drüben am anderen Ufer befand sich gleich wieder steiler Fels. An einigen Stellen säumten ganz schmale Wiesenstreifen den Fluß.

Etwas weiter flußaufwärts, am Rande eines kleinen Wiesenstücks am Fuß der Felswand, stand auf der anderen Seite ein kleines Haus. Ein vielleicht gut einen Meter breiter Holzsteg mit nur einseitigem, nicht sehr vertrauenswürdigem Geländer verband das Anwesen über den wilden Fluß mit der Straße.

Oswald balancierte über den schwankenden Steg hinüber und fragte die Frau, die er in dem Haus antraf, nach dem Weg zur alten Mühle. Sie beschrieb ihm den Weg und meinte, es wäre noch eine ziemlich weite Strecke.

Oswald ging wieder vorsichtig über den Steg zur Straße zurück, wo der Slowene wartete.

Drei Landser kamen gerade vorbei und fragten Oswald nach dem Weg in die Richtung, aus der Oswald und sein Begleiter gekommen waren. Oswald erklärte ihnen den Weg, wies auch auf den starken Verkehr auf der Hauptstraße hin und ließ sich dann von den Landsern Hinweise geben für seinen weiteren Weg.

Sie standen noch zu fünft beisammen, als sie plötzlich in der Ferne einen Amerikaner kommen sahen, der auf einem Fahrrad talabwärts fuhr.

Die Männer trennten sich rasch, und jeder ging seines Weges. Der Amerikaner fuhr vorbei, ohne auch nur einen von ihnen zu beachten.

Oswald und der Slowene erreichten, nachdem sie eine Weile gut marschiert waren, eine kleine Holzbrücke, die über einen Bach führte, der von rechts aus einer Felsspalte herabstürzte. Gleich hinter der Brücke stand links an der Steyr ein kleines verfallenes Haus, die alte Mühle, die man ihnen beschrieben hatte.

Das Gebäude sah nicht mehr aus wie eine Mühle. Räderwerk war auch nicht mehr vorhanden.

Im Inneren des Gebäudes lag frisches Stroh, offenbar von mitleidsvollen Anwohnern aus der Umgebung für die durchziehenden Landser hineingebracht, damit die Männer ein Lager hatten.

Vor dem kleinen Gebäude stand an der Straßenseite ein verlassener Lastkraftwagen mit Verdeck. Ein Ungar, der allein unterwegs war, hatte sich den Wagen als Nachtlager eingerichtet.

Zwei Landser kamen vorbei und fragten nach dem Weg talabwärts. Oswald machte sie auf die Amerikaner unten an der Straßenabzweigung aufmerksam. Sie dankten für den Hinweis, lachten und sagten, sie wären den Kontrollposten noch immer rechtzeitig ausgewichen und zogen weiter.

Als Oswald ihnen einen Augenblick später nachsah, waren sie verschwunden. Er fragte den Slowenen, wo die beiden geblieben wären und erhielt zur Antwort, daß sie in die Felsspalte des

Baches hineingestiegen seien, wie sie es gesprächsweise bereits angedeutet hatten.

Oswald schüttelte ungläubig den Kopf.

Die Felsspalte am Bach entlang hinaufzuklettern, hielt er für das Unvernünftigste, was die Männer tun konnten. Er hatte einen von ihnen noch besonders darauf hingewiesen, daß es nachts in den Bergen sehr kalt würde und es zu gefährlich in der Dunkelheit sei. Sie hatten weder Decken noch Mäntel bei sich.

Oswald stieg zur Steyr hinunter und holte mit seinem Kochgeschirr Wasser, während der Slowene Feuer machte.

Sie bereiteten sich einen salzlosen Griesbrei als Abendmahlzeit zu. Den Gries hatte Oswald noch in Loosdorf gegen Bohnen eingetauscht.

Nachdem sie den ziemlich geschmacklosen Brei in sich hineingestopft hatten, zogen sie sich auf das Stroh in der alten Mühle zurück.

Ihre früheren Weggenossen waren nicht wieder erschienen. Oswald dachte noch einmal an seinen Wäschebeutel, den er nun endgültig verloren gab. Glücklicherweise hatte er in den Wäschebeutel nichts Wichtiges eingepackt.

In dem engen Tal nahe dem rauschenden Wasser war es empfindlich kalt. Oswald wickelte sich in seine Wolldecke und nahm seinen Italien-Rucksack als Kopfstütze.

Im Liegen überdachte er noch eine Weile seinen weiteren Weg. Von den vorbeikommenden Landsern hatten sie erfahren, daß im Hauptttal bei Windischgarsten und am Pyhrnpaß amerikanische Kontrollen wären und die Amerikaner keine Fußgänger über den Pyhrnpaß hinüber ließen. Ein Zivilist, dem sie begegnet waren und der von dort kam, hatte berichtet, daß von morgens fünf Uhr bis abends sieben Uhr etwa tausendfünfhundert deutsche Fahrzeuge der 8. Armee an der Straßenkreuzung bei St. Pankraz vorbeigerollt wären.

Schon früh am Morgen des 11. Mai wachte Oswald auf seinem Strohlager auf, weil ihn fror. Die Nähe des wilden Flusses, die Feuchtigkeit, die Talenge mit den hohen Felswänden ließen die Temperaturen in der Nacht stark absinken.
Oswald hatte unruhig geschlafen.
Die Bilder eines Traumes hafteten ihm noch im Gedächtnis.
In seinem Traum stand er an einem breiten Fluß.
Plötzlich zogen Soldaten in Marschkolonnen heran. Wie viele es waren, war nicht zu übersehen. Immer mehr zogen heran, an ihm vorbei zum Flußufer.
In unvermindertem Marschschritt marschierten die ersten Reihen in den Fluß hinein, als ob der Fluß gar nicht existierte. Eine Reihe Soldaten nach der anderen tauchte ein in das Wasser des großen und breiten Flusses ein und verschwand unter Wasser.
Kaum waren die letzten Männer im Fluß verschwunden, kamen die ersten Reihen der Marschkolonne am anderen Ufer im Gleichschritt aus dem Wasser heraus und marschierten die Böschung hinauf.
Als alle oben angekommen waren, drehten sie sich plötzlich um, hoben die Gewehre und zielten über den Fluß herüber auf Oswald.
Oswald entdeckte erschreckend, daß sie alle keine Gesichter hatten.
In dem Augenblick, als sie alle auf ihn zielten, waren es plötzlich lauter Pappfiguren. Mit einem Schlag fielen die Papparme mit den Pappgewehren von den Körpern ab und die Rumpffiguren fielen alle gleichzeitig nach hinten um.
Dabei erwachte Oswald.

Oswald verstand sich nicht darauf, Träume zu deuten, hielt auch nichts davon. Aber irgendwie glaubte er doch daran, daß eine Bedeutung dahinter liegen könnte

Oswald erhob sich. Während er seine Sachen zusammenlegte und verstaute, beschäftigten ihn noch eine Weile die Bilder seines nächtlichen Traumes.

Auch der Slowene war schon wach und stand auf, weil er merkte, daß es Oswald zum Aufbruch drängte.

Oswald holte Wasser aus der Steyr, der Slowene machte ein Feuer und sie bereiteten sich als Frühstück wieder einen dünnen salzlosen Griesbrei, geschmacklos, aber wärmend.

Der Ungar hatte seinen Schlafplatz in dem liegengebliebenen Lastwagen auch bereits verlassen und war schon weiter gewandert.

Oswald packte die restlichen Sachen zusammen, nahm den Rucksack auf und marschierte gemeinsam mit dem Slowenen los.

Es war ihm nicht unangenehm, den Slowenen als Begleiter zu haben, obwohl Oswald es eigentlich vorgezogen hätte, seinen Weg allein zu gehen. Aber der Slowene sprach wenig, wartete meist darauf, daß Oswald etwas sagte und schien, ähnlich wie Oswald, zurückhaltend und etwas eigenbrötlerisch zu sein.

Nachdem sie auf der taleinwärts führenden Straße etwa fünfhundert Meter gegangen waren, sahen sie zur Rechten ein blitzsauberes kleines Häuschen liegen. Oswald trat ein und traf auf eine hübsch und adrett aussehende junge Frau.

Er erklärte ihr, daß er über das Gebirge gehen wollte und trug ihr sein Anliegen vor, etwas von seinem schweren Gepäck bei ihr deponieren zu dürfen, um es irgendwann später, wenn alles sich normalisiert hätte, wieder abzuholen.

Sie war einverstanden.

Oswald packte sämtliches mitgebrachte Zeichengerät, das ziemlich schwer unten im Rucksack lag, aus und in einen von ihr bereitgestellten Karton. Er packte auch noch überzählige Wäsche dazu, verschnürte den Karton, schrieb seinen Namen und seine Heimatadresse darauf und brachte den Karton, ihrer Anweisung folgend, auf den Dachboden. Belustigt stellte er fest, daß sich schon eine recht stattliche Zahl ähnlicher Pakete dort oben befand.

Oswald notierte sich in sein kleines abgegriffenes Notizheft den Namen der jungen Frau und die Adresse in Laberg Nr. 38 über St. Pankraz am Pyhrn.

Sie erklärte ihm, daß St. Pankraz Bahnstation sei und der Weg vom Bahnhof bis zu ihrem Haus etwa dreißig Minuten betrüge. Oswald dankte ihr und verabschiedete sich.

Der Weg führte die beiden Männer nun langsam etwas bergan. Unterwegs begegneten sie Landsern mit Pferdewagen, später auch einer ganzen Kolonne mit Pferdefuhrwerken, die sich, wie einer der Gespannbegleiter im Vorübergehen berichtete, von Osten her in dieses Tal verfahren hatte und die nun talabwärts wieder dem Talausgang und der Hauptstraße zustrebte.

Vor einer Kurve der schmalen, nun auch noch mit Pferdegespannen befahrenen Straße, bogen Oswald und der Slowene in einen links abgehenden Seitenpfad ab, der zunächst in südliche Richtung parallel zur Straße verlief.

Nach einer Weile führte der Pfad jedoch mehr und mehr nach Osten.

Zurückgehen bis zur Straße wollten die Männer nun auch nicht mehr, folgten dem recht gut begehbaren Pfad und gelangten schließlich in den Ort Vorderstoder.

Der Ort lag allerdings etwas zu weit östlich von ihrer eigentlichen Marschrichtung und sie hatten einen ziemlichen Umweg gemacht.

Um wieder auf ihren Weg zu kommen, folgten sie der Straße über Mittelstoder nach Hinterstoder, einem langgezogenen Ort, der richtungsmäßig wieder auf ihrer Route lag.

In Hinterstoder sprach Oswald eine Frau an und fragte nach dem Weg zum Salzsteig.

Die Frau war eine geflüchtete Wienerin, die hier eine Wohnung gefunden hatte, wie sie während des Gesprächs erwähnte.

Sie riet ihnen ab, über den Salzsteig zu gehen, so wie schon in Vorderstoder ein Anwohner sie gewarnt hatte, weil noch zu viel Schnee oben läge und der Salzsteig dann besonders gefährlich sei.

Die Wienerin bot den Männern eine warme Mahlzeit an und lud sie zu sich in ihre Wohnung ein. Sie nahmen das Angebot dankbar an.

Dort lieferte Oswald aus seinem Vorrat Gries, der noch reichlich vorhanden war, und die Frau schickte sich an, einen Griesbrei zu kochen, wozu sie aus ihren eigenen Vorräten Milch und Zucker beisteuerte. Oswald meinte, sie möge sich doch nicht solche Umstände machen, aber sie entgegnete nur: wer wenig habe, gäbe viel und wer viel habe, gäbe wenig.

Während sie den Brei zubereitete, ruhten die Männer sich draußen vor der Tür im Schatten eines Gartenbaumes aus. Nachdem die Männer den Griesbrei gegessen und sichtlich genossen hatten, während die Frau selbst nichts aß, brachte sie jedem noch eine Tasse Kaffee mit Zucker.

Schließlich, als sie aufbrechen wollten, ging sie mit ihnen noch in das Nachbarhaus, in dem eine ortskundige Lehrerin wohnte.

Auch diese riet ihnen nun nochmals eindringlich von der Begehung des Salzsteigs ab, da der Weg nur sehr schmal und teilweise vereist und verschneit wäre. Erst kürzlich seien dort zwei Landser abgestürzt. Sie empfahl den Männern statt dessen einen anderen Weg, der vorher links vom Talweg abbiegt und über die Türken-Kar hinüber ins Steirische führt.

Die Männer dankten für die freundliche Aufnahme und die Ratschläge und zogen los. Oswald hatte sich entschlossen, den Rat zu befolgen und den Weg über die Türken-Kar zu nehmen. Der Slowene war wie immer froh, daß Oswald die Entscheidungen traf und hatte keine andere Meinung.

Oswald wollte kein unnötiges Risiko eingehen, auch mit Rücksicht auf den Slowenen, der nur sein deutsches Uniform-Zeug trug. Allerdings besaß er inzwischen statt der Uniformjacke einen leichten Pullover, aber keinen Mantel oder sonst irgendein zusätzliches wärmendes Kleidungsstück. Er marschierte ohne jegliches Gepäck.

Noch bevor die Männer den Ortsausgang von Hinterstoder erreicht hatten, merkte Oswald, daß sich an seinem rechten Schnürstiefel die Sohle teilweise gelöst hatte.

Das durfte für den Weg über das Gebirge so nicht bleiben.

Er fragte einen kleinen Jungen, der hinter einem Gartenzaun spielte, ob es im Ort einen Schuhmacher gäbe. Der Junge nickte und zeigte ihm ein Haus auf der linken Seite der Straße am Ortsausgang. Oswald war erleichtert.

Die Schusterleute waren sehr freundlich. Als Oswald sagte, daß er aber kein Geld habe, um den Schuster für seine Dienste zu entlohnen, winkte der nur freundlich ab und machte sich an die Arbeit.

Oswald holte daraufhin seinen Griesvorrat aus dem Rucksack und bot Gries als Lohn an. Der Schuster und seine Frau schüttelten lachend den Kopf.

Sie waren zwar gerne bereit, etwas Gries zu nehmen, aber nur im Tausch gegen Konserven mit Bohnen und ein paar Fleischkonserven, die die Schusterfrau sogleich herbeischaffte. Für den Gries holte sie eine mittelgroße Schüssel aus dem Schrank. Oswald reichte ihr den Beutel und sie füllte sich die Schüssel erst nur halb, dann auf eindringliches Zureden von Oswald schließlich ganz voll.

Oswald bekam sieben Konservendosen zu je einem halben Kilogramm. Plötzlich verspürte Oswald trotz des Griesbreies, den er etwa vor einer Stunde genossen hatte, einen Heißhunger auf das Konservenfleisch. Auf seine Bitte hin öffnete die Frau eine Dose, tat den Inhalt in einen Topf, stellte ihn auf den Herd und servierte den beiden Männern nach kurzer Zeit die appetitlich duftende Mahlzeit mit einem Stück Brot. Dazu reichte sie jedem noch ein Glas Most.

Der Schuh war repariert, und gestärkt begaben sich Oswald und sein Begleiter auf den weiteren Weg. Der Slowene trug nun einen kleinen Karton mit den sechs Konservendosen als einziges Gepäck auf der Schulter.

Es war recht heiß, die Sonne meinte es gut mit den Wanderern. Auf dem etwa zweieinhalb Meter breiten Hauptweg gingen sie nun taleinwärts und fragten verschiedentlich nochmals nach dem Weg, der zur Türken-Kar führt.

Ein Junge hatte eine derart verdrehte, ungeschickte, wenn auch richtige Auskunft gegeben, daß Oswald trotz seines Verständnisses für österreichische Dialekte im nächsten Bauernhaus nochmals fragen mußte.

Ein Hamburger, am Arm verwundet, mit seiner Frau in diese Gegend evakuiert, gab ihm gerne die gewünschte Auskunft.

Während Oswald noch mit den Leuten sprach, gab es hinten auf dem Weg plötzlich einen lauten Krach, so daß dem Slowenen, der neben Oswald stand, vor Schreck der Karton mit den Konservendosen zu Boden fiel.

Als sie zum Hauptweg hinübersahen, von wo der Lärm gekommen war, sahen sie das Malheur.

Ein Landser hatte an sein Fahrrad einen Infanteriekarren angehängt und war damit den Talweg hinuntergeradelt.

Ein Amerikaner kam mit seinem Fahrzeug aus dem oberen Tal, fuhr talabwärts und streifte mit seinem Wagen den Infanteriekarren, der umstürzte, so daß alle die darauf befindlichen beiseite geschafften Güter, wie Radioapparate und ähnliches, über den Weg rollten und der Landser daneben lag.

Die Männer, die das Schauspiel miterlebten, konnten ihr Lachen über den armen Teufel nicht unterdrücken.

Der Amerikaner hatte angehalten und half nun dem Soldaten beim Wiederaufrichten des Infanteriekarrens, half auch noch ein wenig beim Aufladen der herumliegenden Sachen und fuhr dann weiter.

Oswald und der Slowene erbaten sich bei den Hamburgern noch etwa Wasser und zogen dann weiter taleinwärts.

Das Tal war hier schätzungsweise dreihundert Meter breit und eben. Weit voraus, in der Richtung, in die sie marschierten, sahen sie die mächtigen, teils noch schneebedeckten Höhen des Toten Gebirges.

Rechts und links des Weges erstreckten sich satte grüne Talwiesen.

Auf einer dieser Wiesen hatten sie im Vorübergehen zwei deutsche Fieseler-Storch-Maschinen stehen gesehen, die wohl irgendwelchen hohen Herren die Flucht ermöglicht hatten.

Nach etwa einstündigem Marsch gelangten die beiden Männer an ein zur Rechten gelegenes größeres Bauerngehöft.

Auf der Wiese vor dem Haus lagen einige Leute und sonnten sich. Ein paar Kinder tollten herum und spielten Nachlaufen um die prächtig blühenden Obstbäume.

Oswald und der Slowene gingen näher heran und schauten dem fröhlichen Treiben eine Weile zu. Oswald erkundigte sich nochmals bei den Leuten nach dem Weg zur Türken-Kar und erfuhr, daß der Weg nur wenige Meter weiter vom Talweg abzweigt.

Die beiden Männer erfrischten sich noch kurz an der Wasserpumpe, Oswald füllte seine Feldflasche mit frischem Wasser, dann zogen sie weiter und fanden bald den Anfang des Weges zur Türken-Kar.

Oswald bedauerte nun doch etwas, daß er nicht allein marschierte.

Der Slowene beschränkte sich darauf, den Karton mit den sechs Konservendosen zu tragen. Auch nicht ein einziges Mal hatte er sich angeboten, für eine Weile den wesentlich schwereren Rucksack zu tragen, nahm aber ganz selbstverständlich Anteil an den Essensvorräten, die Oswald im Rucksack trug.

Häufig blieb er auch auf dem Weg weit hinter Oswald zurück, so daß Oswald immer wieder auf ihn warten mußte.

Der Weg, der zur Türken-Kar vom Hauptweg abzweigte, führte zunächst als kaum erkennbarer Wiesenweg über eine Wiese, an deren Ende bereits der Berghang anfing.

In kleinen Serpentinen stieg der Weg dann erst leicht an und verlief dann stetig steigend in der ursprünglichen Marschrichtung nach Südwesten weiter.

Die Männer überquerten eine etwas sumpfige Wiese fast ohne Steigung und kamen dann auf einen ziemlich stark ansteigenden, etwa anderthalb Meter breiten Weg, der sich in ständigen Linksbiegungen mehr und mehr nach Süden wandte.

Sie mußten häufig eine Rast einlegen.

Viele Rinnsale und kleine Bäche rieselten bergabwärts und waren zu überqueren, dienten aber sehr willkommen auch zur Kühlung der verschwitzten Gesichter und zum Nachfüllen der Feldflasche.

Mühsam ging es in der heißen Sonne bergan. Sie begegneten einer Bäuerin mit Tochter, die schweigend, aber die Männer mißtrauisch musternd, an ihnen vorüberzogen.

Schließlich erreichten Oswald und sein Begleiter eine auf einer hochgelegenen Alm in einer Senke rechts des Weges stehende Almhütte.

Ein etwa vierzehnjähriges Mädchen stand mit verschränkten Armen vor der Hütte und sah ihnen neugierig entgegen.

Oswald fragte das bezopfte Mädchen nach dem Weg, und es erklärte ihm, daß man bis zu der nächsten Hütte etwa zwei Stunden zu gehen hätte.

Die Männer gingen schräg über die Wiese und fanden dann am Waldrand den Weg wieder, der weiter in starker Steigung hinaufführte.

Ein Mann in kurzer Hose kam den Bergweg herunter. Er grüßte kurz und rief ihnen zu, daß die obere Hütte offen sei.

Oswald und der Slowene kamen einige Zeit danach auf einer kleinen Wiese an eine Stelle, wo das Bergwasser in Holzrohren gefaßt war und in ein Bassin geleitet wurde. Drei junge Landser, die sie vor einiger Zeit überholt hatten, rasteten dort.

Oswald und der Slowene machten ebenfalls kurze Rast, und Oswald ergänzte vorsichtshalber seinen Wasservorrat in der Feldflasche.

Weiter führte dann der Weg hinauf und wurde schmaler.

Immer wieder hatten sie bemooste Felsrinnen mit bergabrieselnden Bächen zu überqueren, die schon Schneeschmelzwasser herunterbrachten.

Sie mußten an stark abfallenden Hängen entlang, auf einem Steg über einen rauschenden Waldbach, der sich steil hinunter in felsige Tiefe stürzte.

Der Weg war nun an einigen Stellen so schmal, daß sie hintereinander gehen mußten. Oswald ging voraus. Der Pfad führte an steilen Felsstücken vorbei, so daß Oswald sich, fest und langsam auftretend, vorsichtig an der Bergseite entlang bewegte.

Schließlich wurde der Weg feucht und glitschig, da der Boden unter der auftauenden oberen Schicht noch gefroren war. Sie kamen in Schneenähe.

Dort, wo auf kleinen Flächen auf der Bergseite Schnee in Reichweite lag, griff sich Oswald eine Handvoll und kühlte sich damit die heiße Stirn. Er bedauerte es, keine Kopfbedeckung zu haben, um wenigstens Kopf und Augen gegen die Sonne und das im Schneegebiet grelle Licht zu schützen.

Der Slowene folgte ihm tapfer, trug jetzt den Karton mit den Konserven unter seinem rechten Arm, während er sich mit der linken Hand an der Felswand entlang tastete.

Sie kamen über den Schnee ganz gut hinweg, denn von den hin- und herziehenden Landsern waren Spuren getreten. Langsam und vorsichtig traten die beiden Männer in diese Fußstapfen und kamen so auch an der nach rechts stark abfallenden Steilböschung vorbei.

Oswald stützte sich mit der linken Hand im Schnee auf der Bergseite. Wo Moos auf den Steinen war, war es wie ein Schwamm, tropfnaß von kaltem Schmelzwasser. Die Hand wurde ihm allmählich klamm von der Kälte, dabei schien die Sonne unerbittlich.

Sie gelangten nun an eine Stelle, an der der Schnee vom Hang halb heruntergerutscht war, so daß der Weg nur noch fußbreit war.

Mit äußerster Vorsicht, um nicht abzustürzen, bewegten sie sich über dieses Wegestück. Danach ging es etwas besser. Dennoch mußten sie auf dem schmalen, vom Schneewasser aufgeweichten und glitschigen Fußpfad aufpassen, um nicht zu stürzen.

Der Pfad führte auf einer stark geneigten Hochebene um eine moosbedeckte Bergnase herum, ein Stück auch darüber hinweg. Nun sahen die beiden Männer, etwas tiefer und etwa dreihundert Meter weit entfernt, zwei Hütten liegen, zu denen sie dann hinunterstiegen, um dort zu übernachten.

Beim Näherkommen stellten sie fest, daß dort bereits vier Männer waren. Sie alle waren Grazer, wie sich in einem kurzen Gespräch herausstellte.

Oswald und der Slowene fanden in der eigentlichen Hütte keinen Schlafplatz mehr und mußten zum Schlafen ins Heustadel ziehen, das von der Hütte etwa vierzig Meter weit entfernt, aber auf gleicher Höhe stand.

Doch in der eigentlichen Hütte konnten sie sich aufhalten, machten mit vorhandenem Holz ein Feuer in dem kleinen eisernen Ofen und kochten sich einen Griesbrei, für den sich sogar noch eine Prise Salz in einem Napf auf einem Wandregal finden ließ.

Die vier Grazer Soldaten machten sich dann ihrerseits auch ihre Abendmahlzeit.

Sie erzählten, daß sie wegen der Russen nicht nach Hause könnten. Sie hätten deswegen mit dem Eigentümer der Hütte vereinbart, das Vieh auf der Alm zu beaufsichtigen und daher auch in der Hütte bleiben zu können.

Der Mann in der kurzen Hose, der Oswald und dem Slowenen unterwegs begegnet war, war also der Eigentümer der Hütte gewesen, der den vier Grazern die Hütte geöffnet hatte.

Die vier Männer erzählten weiter, daß die Bauern mit dem Vieh in den nächsten Tagen heraufkommen würden. Sie meinten auch, daß sie hier in der Hütte ziemlich sicher wären, da die Amerikaner bisher noch nicht ins Gebirge hinaufgestiegen seien.

In der gegenüberliegenden Bergschroffe sollten sich angeblich wegen der Unzugänglichkeit des Geländes auch noch SS-Leute zurückgezogen haben, die sich nicht ergeben wollten.

Es mochte möglich sein, daß sich diese Leute über den Sommer im Gebirge versteckt halten könnten, aber der Winter würde sie wohl doch von den Bergen herunterzwingen.

In der Dämmerung konnten die Männer auf tiefer gelegenen Almen innerhalb des von den Bergschroffen umsäumten Gebietes in der Nähe einiger Heustadeln einige Gemsen sehen.

Einer der Grazer reichte ihnen sein Fernglas. Es war herrlich, die Tiere so zu beobachten. Auch zwei oder drei Jungtiere waren dabei und vollführten hin und wieder scheinbar ohne jeglichen Grund possierliche Bocksprünge.

Oswald erfreute sich an dem Anblick der Tiere eine ganze Weile und gab dem Grazer dann dankbar das Glas zurück.

Entspannt genoß er die friedliche Abendstimmung auf dem Berg.

Mit Einbruch der Dunkelheit zogen Oswald und der Slowene sich in ihr Schlafquartier im Heustadel zurück, während die vier Grazer sich in ihrer Hütte zur Ruhe begaben.

Sie hatten Oswald noch den Hinweis gegeben, daß es bis zum Gipfel, das heißt bis zur Türken-Kar-Scharte, noch ein Weg von zwei Stunden wäre.

Am 12. Mai stand Oswald in aller Frühe auf. Am Himmel zeigte sich gerade eben die erste Helligkeit. Er weckte den Slowenen, und sie packten ihre Sachen zusammen.

Oswald nahm wieder seinen schweren Rucksack auf, und der Slowene schulterte seinen lächerlichen Pappkarton von drei Kilogramm Gewicht. Oswald schätzte das Gewicht seines Rucksackes trotz der Verringerung seines Gepäcks bei der jungen Frau in Laberg immer noch auf etwa zwanzig Kilogramm.

So zogen sie weiter bergaufwärts.

Obwohl es noch sehr früh war, fünf Uhr, wie Oswald mit einem Blick auf seine Uhr beim Abmarsch feststellte, war es auf dem Berg schon lebendig geworden.

Vor ihnen gingen auf dem Weg in einiger Entfernung schon sechs Landser den Berg hinauf.

Die drei jungen Landser, denen sie am Vortag schon begegnet waren und die irgendwo weiter unten übernachtet haben mußten, überholten Oswald und seinen Weggefährten und stiegen mit kräftigen Schritten den Berg hinauf.

Nach einiger Zeit legten Oswald und der Slowene auf einer Bergwiese eine Marschpause ein. Während sie auf inzwischen von der Sonne getrockneten Felsbrocken saßen und rasteten, kam ein Einzelgänger den Weg herauf und setzte sich zu ihnen.

Das Gespräch begann mit dem üblichen Woher und Wohin und dem Bericht über die unterwegs gemachten Beobachtungen.

Der Mann hatte ebensowenig wie Oswald einen Passierschein von den Amerikanern und legte ebensowenig Wert darauf.

Er trug ein Trachtenhemd mit dem Tiroler Adler. Er nickte, als Oswald ihn fragte, ob er Tiroler sei. Sie zogen dann zusammen zu dritt weiter, wobei der Tiroler sich flink und geschickt wie eine Gemse in dem Schneegelände bewegte, das die Männer jetzt etwa eine halbe Stunde vor der Paßhöhe erreichten und durchquerten.

Auf dem Sattel der Paßhöhe saßen etwa fünfzehn Landser auf ihrem Gepäck und auf aus dem Schnee herausragenden Felsbrocken herum. Sie unterhielten sich in der warmen Sonne und frischen Höhenluft über den Weg, über die Amerikaner und über ihre Erlebnisse.

Es war ein friedliches Bild, wie die Männer in kleinen Gruppen in der Sonne zusammensaßen, ringsherum, so weit das Auge sie erfassen konnte, umgeben von einsamer Berglandschaft.

Nur die Uniformen, die einige von ihnen trugen, ließ Oswald wieder bewußt werden, in welcher Zeit man sich befand.

Als Oswald, der Slowene und der Tiroler zu den rastenden Männern gestoßen waren, zogen gerade zwei Unermüdliche zu einer Bergbesteigung eines nahe gelegenen, etwas höheren Gipfels los.

Oswald und seine Weggefährten suchten sich einen trockenen und sonnigen Platz, um ebenfalls eine kurze Rast einzulegen.

Oswald fand einen kleinen Felsvorsprung, wo er sitzen und seinen Rucksack als Rückenlehne benutzen konnte. Er genoß die Wärme und blinzelte in die Sonne.

Und plötzlich wurde ihm bewußt, daß gerade jetzt, in diesem Augenblick, an diesem abgeschiedenen Ort ein neuer Abschnitt seines Lebens begann, und er sah seiner Zukunft zuversichtlich entgegen.

Oswald ahnte nicht, daß dieser neue Lebensabschnitt nur vier Jahre dauern und eine schwere Krankheit sein Leben beenden sollte.

Sie brachen wieder auf. Der etwa sechsundzwanzigjährige Tiroler ging voraus, gefolgt von Oswald, während der Slowene mit seinem Pappkarton wie gewohnt das Schlußlicht bildete.

Der Weg führte jetzt durch Schnee hinunter. Gelegentlich versank Oswald an von der Sonne stark beschienenen Stellen und besonders in der Nähe von Bäumen und Gehölzen bis zur Hüfte im Schnee.

Als er weniger seinen Gedanken folgte und statt dessen mehr auf das Gelände achtete, ging es besser.

Der Weg führte nun parallel zum Hang in langgezogenen Serpentinen stetig abwärts.

Da aber überall Schnee lag und der gesamte Hang zu übersehen war, entschieden sie sich für die Abkürzung.

Sie nahmen ihr Gepäck vom Rücken.

Schon kullerten und rutschten die Rucksäcke voraus den Hang hinunter, der Slowene schickte die Konservendosen im Pappkarton hinterher. Während der Pappkarton bei jedem kleinen Schneehügel hüpfte, sprangen die Konservendosen in die Höhe, wurden dabei eine nach der anderen aus dem Karton geschleudert und kollerten nun selbständig über die Schneefläche den Berg hinab.

Die Männer lachten, daß es von den Berghängen zurück-
schallte, verfielen in jungenhafte Ausgelassenheit und hüpften
und rutschten johlend geradewegs den Hang hinunter.

Von Marianne Gädtke als Autorin
bzw. als Herausgeberin bisher erschienen:

Marianne Gädtke
Grüße aus der Ferne – eine nostalgische Reise
durch Thüringen

144 Seiten mit 38 farbigen Abb., Preis: 20,35 EUR

Das nostalgische Reisebüchlein mit farbigen Abbildungen von Gruß- und Ansichtskarten und Reiseempfehlungen aus der Zeit um die Jahrhundertwende zeigt Thüringen, das schon damals als das „grüne Herz Deutschlands" bezeichnet wurde, als beliebtes Ziel für Erholungsreisen und Wanderungen um 1900. Ergänzt mit Anmerkungen und Fotografien aus der heutigen Zeit, bietet das Buch Anreiz, eine schon damals so beliebte und bezaubernde Landschaft heute neu zu entdecken.

Marianne Gädtke
Vierbeinige Kameraden – Hundestories

88 Seiten, brosch., Preis: 6,54 EUR

Die unter dem Titel „Vierbeinige Kameraden" zusammengefaßten Stories sind als Erinnerungen aus dem Zusammenleben mit Hunden entstanden. Die Autorin schildert in ihnen den Erlebnisreichtum und die Freude, die aus einer Mensch-Hund-Beziehung gewonnen werden können, wenn auf die Eigenart und Besonderheit jeder einzelnen „Hundepersönlichkeit" eingegangen wird. Das ermöglicht die Erfahrung von bedingungsloser Zuneigung und eine Verständigung zwischen völlig verschiedenen Lebewesen.

Marianne Gädtke
FLOHMARKT *und andere Kurzgeschichten*

112 Seiten, brosch., Preis: 7,57 EUR

Ob Alptraum, Kindheitserinnerung oder Spionagestory – die Autorin schildert es glaubwürdig und lebensecht. Mit einfachen Worten bringt sie dem Leser Personen und Handlung ihrer Geschichten nahe. Erfundene und erlebte Begebenheiten, die es zu lesen lohnt.

Marianne Gädtke
Die Flurnamen im Gebiet der Stadt Bad Münstereifel

88 Seiten, brosch., Preis: 4,60 EUR

Eine Zusammenstellung der vorhandenen Flurnamen, mit Orts- und Siedlungsnamen, Mühlen und Gewässernamen und Hinweisen zur Bedeutung. Allgemein interessant und Arbeitsgrundlage für heimatkundlich und ortgeschichtlich Interessierte.

Marianne Gädtke

Hospital und Armenverwaltung zu Münstereifel

86 Seiten, brosch., Preis: 7,10 EUR

Eine Betrachtung zur Stadtgeschichte. Das Buch vermittelt wissenswerte Erkenntnisse über die Wirtschaftskraft einer über Jahrhunderte hilfreich und gemeinnützig wirkenden Institution für soziale Belange auf der Basis gewinnorientierter Unternehmenstätigkeit, die über das Gebiet der heutigen Stadt Bad Münstereifel hinaus außerordentliche Bedeutung hatte.

Stichwortverzeichnis
zur Chronik Münstereifels in Daten Bd. I u. II
von Toni Hürten
zusammengestellt von M. Gädtke

Broschüre, Bad Münstereifel 1998, 2,55 EUR

Die Zusammenstellung von über 2 700 Stichwörtern – Namen und Begriffe aus der von Toni Hürten erarbeiteten Chronik von Bad Münstereifel – erleichtert dem Heimat- und Geschichtsforscher den Umgang mit diesem Werk und vereinfacht den Einstieg in die Geschichte von Bad Münstereifel.

M. Gädtke
Geschichte in unserer Landschaft –
Studien zu historischen Ortsangaben im Gebiet der Stadt Bad Münstereifel

112 Seiten, broschiert, Preis: 10,00 EUR

Inhalt:
Die Erft bei Arloff/Zeugnisse der Geschichte – aus dem Arloffer Schöffenweistum von 1551/Die Gerichtsstätte zu Houverath nach dem Schöffenweistum vom 2.7.1572/ Hoheitsgebiet von Houverath nach dem Schöffenweistum vom 27.10.1660/„Lamitten der Hochheit Iversheim" – Beschreibung des Gemeindebezirks Iversheim (17. Jahrhundert) / Ruine auf dem Wehnsberg/Historische Grenzen des Dorfes Kalkar/Grenzbeschreibungen von a) Effelsberg, b) Eschweiler, c) Nöthen/Protokoll über die Grenzbegehung der Stadt Münstereifel vom 12. bis 16.6.1730.

Horst Gädtke
Kirchspiele und Dorfhistorie aus dem Celler Land
(Hrsg. von M. Gädtke)
372 Seiten, reduz. Preis: 20,30 EUR

Der Autor hat verschiedene Themen aus der Geschichte der Südheide und des Celler Landes aufgegriffen und vermittelt mit diesen sorgfältig recherchierten Beiträgen unter Hinweis auf umfangreiche Literatur ein historisches Bild dieser Region. Im Anschluß an seine eigenen Ausführungen hat der Autor in respektvoller Würdigung einiger der wichtigsten Werke zur Geschichte im Landkreis Celle themenbezogene Extrakte und Zusammenfassungen im Anhang angegliedert, die das hier vorgestellte Buch in seiner Aussagekraft noch ergänzen. Ein ausführliches Literaturverzeichnis gibt dem Leser die Möglichkeit, zu den verschiedenen Themenbereichen zusätzliche Kenntnisse zu erlangen.

Horst Gädtke
Eversen – ein altes Dorf im Celler Land
(Hrsg. von M. Gädtke)
278 Seiten, reduz. Preis: 15,30 EUR

Nach einem Exkurs über die geologischen Gegebenheiten des Südheidegebietes, einer Darstellung der vor- und frühgeschichtlichen Verhältnisse und der zunehmenden Besiedlung und Entwicklung dieser Region, wobei immer wieder auf die zur Verfügung stehende Literatur verwiesen wird, führt der Autor den Leser mehr und mehr in die Geschichte und Entwicklung des Dorfes Eversen ein und vermittelt eine auf sorgfältigsten Recherchen basierende Aufarbeitung der Geschichte der Güter, der alten Hofstellen und des Dorfes bis in unsere Zeit. Auch hier bietet ein umfangreiches Literaturverzeichnis wertvolle Hinweise zur weiter vertiefenden Lektüre.

Horst Gädtke
Pommersche Reminiszenzen
(Hrsg. von M. Gädtke)
Teil I – Ein Überblick über die Siedlungsgeschichte und die bäuerliche Standesentwicklung in Pommern

brosch., 102 Seiten, Preis: 8,50 EUR

In eindrucksvoller Weise ist es dem Autor gelungen, einen auf umfassendem Quellenstudium basierenden Überblick zu den hier ausgewählten Themenbereichen der Geschichte Pommerns zu vermitteln. Umfangreiches Literaturverzeichnis.

Teil II – Pommersche Dorfgeschichte – Lassehne, Timmenhagen, Strippow –

brosch.. 218 Seiten, Preis: 15,20 EUR

Dem ersten Teil der Pommerschen Reminiszenzen, der sich mit der Siedlungsgeschichte und der bäuerlichen Standesentwicklung in Pommern befaßt, werden hier im zweiten Teil nun Beiträge zur pommerschen Dorfgeschichte angefügt, die geeignet sind, die Kenntnisse der allgemeinen Verhältnisse in Pommern durch weitere Details am Beispiel der Geschichte und Entwicklung ausgewählter Dörfer zu vertiefen. Umfangreiches Literaturverzeichnis.

Teil III – Reminiszenzen – Bilder aus dem deutschen Osten

brosch., 82 Seiten, Preis: 8,50 EUR

Im hier vorgestellten ergänzenden dritten Teil sollen – über Pommern hinausgehend – Bilder aus dem deutschen Osten aus der Zeit vor dem Zweiten Weltkrieg für sich sprechen:
61 Schwarz-Weiß-Abbildungen aus Neubrandenburg, Greifswald, Prenzlau, Chorin, Schwedt, Königsberg i.d. Neumark, Frankfurt a.d. Oder, Kolberg, Lassehne, Köslin, Heilsberg (Ostpr.), Bartenstein (Ostpr.), Balga (Ostpr.) und Königsberg (Ostpr.).

auf CD-Rom
Book on disk

Horst Gädtke
Von Sachsen und Angeln zu Otto IV.
– Epochen europäischer Geschichte –
Hrsg. von Marianne Gädtke ISBN 3-00-009467-9

Preis der Buch-CD: 12,--EUR

Durch Heranziehung und Auslegung zahlreicher Quellen gelingt es dem Autor, die Geschichtlichkeit der sagenumwobenen Gestalten Hengist und Horsa glaubhaft zu machen. Zugleich ist er bemüht, dem Leser eine systematische Darstellung der frühen Geschichte Englands nahe zu bringen. –
Im folgenden Kapitel widmet er sich ausführlich der wechselvollen Geschichte der Grafen von Anjou. –
Im dritten Kapitel schließlich befaßt der Autor sich mit der Person des wenig vom Glück begünstigten Otto IV. und den Umständen, die zu seinem Untergang führten. –
Ein umfangreiches Literaturverzeichnis gibt dem Leser die Möglichkeit, die hier gewonnenen Erkenntnisse weiter zu vertiefen.

————————

Alle Bücher sind erhältlich bei
Marianne Gädtke, Hegebachweg 22,
53902 Bad Münstereifel-Rodert